엄마 수다 사용 설명서

"엄마 수다 사용 설명서"

김진미 최미영 강지해 지음

북산

지해	나 다음 주부터 노인복지회관 수업 나가요.
진미	어머, 잘 됐다. 부러워. 나도 노인 대상 글쓰기 수업하고 싶었는데.
미영	축하해요. 어떤 수업이에요?
지해	노인들을 위한 문화 수업인데, 캘리그라피 수업이에요.

intro

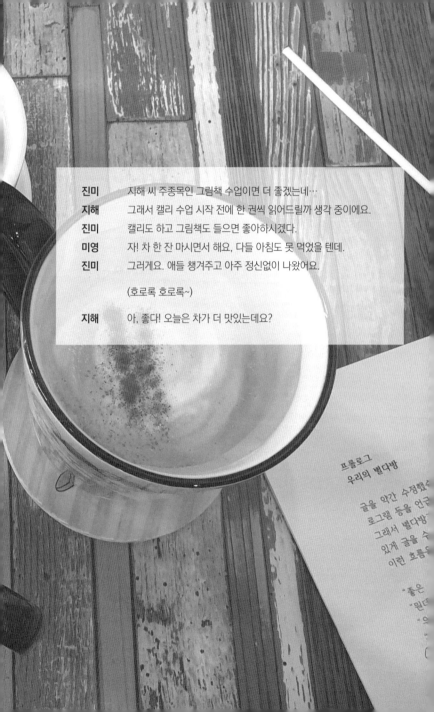

진미	지해 씨 주종목인 그림책 수업이면 더 좋겠는데…
지해	그래서 캘리 수업 시작 전에 한 권씩 읽어드릴까 생각 중이에요.
진미	캘리도 하고 그림책도 들으면 좋아하시겠다.
미영	자! 차 한 잔 마시면서 해요, 다들 아침도 못 먹었을 텐데.
진미	그러게요. 애들 챙겨주고 아주 정신없이 나왔어요.

(호로록 호로록~)

지해	아, 좋다! 오늘은 차가 더 맛있는데요?

진미   혹시 웰다잉 관심들 있어요? 일전에 호스피스 병동 취재한 적
         이 있었는데 거기 기관장님 덕분에 관심 갖게 되었거든요.

지해, 미영   앗, 관심 있는데!

진미   그래요? 웰다잉 수업 같이 들어볼래요? 부산 웰다잉 전문가신
         데 서울로 2박 3일 강의하러 오신다고 해서요.

미영   귀한 시간이겠네요.

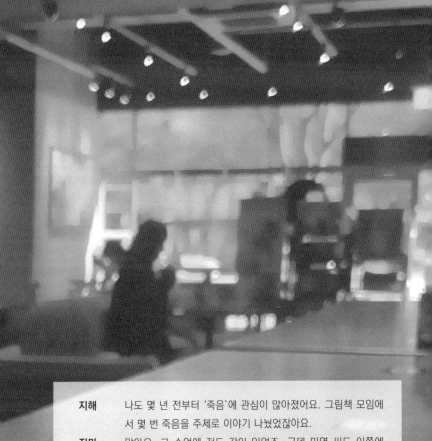

지해   나도 몇 년 전부터 '죽음'에 관심이 많아졌어요. 그림책 모임에서 몇 번 죽음을 주제로 이야기 나눴었잖아요.

진미   맞아요. 그 수업에 저도 같이 있었죠. 근데 미영 씨도 이쪽에 관심 있어요? 환경이랑 웰다잉은 전혀 다른 분야일 것 같은데?

미영   결국 환경도 비움도 죽음과 연결돼요. 잘 죽으려면 주변을 비워야 하니 웰다잉과 비움은 연결되어 있어요.

지해   맞아, 모든 게 다 연결되지요.

진미   오, 우리한테 웰다잉이란 공통점도 있었네! 맞아요, 죽음은 더 이상 특별하지 않은 거예요. 요즘 엄마들 중에 영화 〈코코〉 안 본 사람이 없잖아요. 아이들도 죽음에 관해 생각하게 만드는 시대니까.

            그럼, 강의 일정 확인해봅시다!

진미	앗! 늦었다. 먼저 일어날게요.
지해	조금이라도 먹고 가요. 기운 빠져요.
미영	어머! 벌써 시간이 이렇게 됐네. 이번 주 마감, 잊지 말아요.
진미	미안해요. 먼저 갈게요! 오늘 얘기했던 거 꼭 알려줘요.

진미는 갈아입을 한의원 유니폼이 담긴 가방을 들고 급히 자리를 떴다.
진미의 자리엔 뜯지도 않은 샐러드 상자만이 덩그러니…
못다 한 얘기가 아쉬운 미영과 지해.
하지만 둘의 손엔 펜이 여전히 움직이고 있다.

"우리 그럼 남은 이야기, 마저 해볼까요?"

우리의 별다방

"좋은 소식 있어요.

우리 셋이 쓴 책 《육아 품앗이 해볼래?》 강의 의뢰가 왔어요!"

"어머나, 올 것이 왔군요."

"우리 한 번 해볼까요?"

"당연하죠. 콜!"

"저도 콜!"

　세 여자의 아지트 별다방. 이곳에서 우리는 동네 엄마들의 수다를 시작으로 두 권의 공저 출간을 이루어냈다. 함께 꾸리는 육아 품앗이가 안정을 찾고 나니, 세 여자의 내면에서 꿈틀거리고 있던 무언가가 밖으로 나오려고 애를 썼다. 우리는 영리하게도 그것을 재빠르게 눈치챘다. 꿈틀거리는 녀석을 덮어두지 않고 쏙 빼내어 눈에 보이는 곳에 자리해두는 용기를 냈다. 각자가 하는 일, 하고자 하는 일이 커피 향과 함께 세 여자의 공간을 채워나갔다.

평범한 엄마이기만 했던 우리가 첫 수다를 시작했을 때만 해도 이런 일은 상상도 하지 못했다. 책을 내고 나서도 한참은 커다란 그림을 그리지 못해 막막함 위에 서 있어야 했다. 그럴 때마다 '별다방의 수다'가 우리를 이끌었다. 우리는 수다 속에 녹아든 각자의 목표와 바람들을 항상 메모했다. 그 수다는 변화를 꿈꾸게 했다.

여기에 결심과 실행력을 결합시키기로 했다. '대단한 결심과 실행력'이 필요했다면 일찍 포기했을 수도 있다. 우리는 조금씩만, 그러니 꾸준히 시간을 내기로 했다. 그리고 시간들이 쌓이고 쌓여 평범했던 엄마 셋은 어느새 작가, 강사가 되었다(오~ 이제는 우리가 좀 멋져 보이기 시작한다).

요즘은 사회적 거리두기 때문에 별다방 수다가 어렵다. 이런 땐 온라인 화상 프로그램을 이용한다. 설거지를 마치고, 아이를 등교시키고 또는 빨래를 널다 말고 컴퓨터를 켠다. 화면 속에는 허겁지겁 수다에 뛰어드느라 미처 말리지 못한 머리칼을 휘날리며 앉아있는 누군가가 있다. 별다방만큼은 아니지만 온라인 수다마저 없었다면 우린 많은 것을 놓치고 포기해야 했을지 모른다.

한 달에 한 번 이상은 별다방에 둘러앉아 수다를 떤다. 각자의 영역을 존중해주며 '함께'의 방향을 찾는 세 여자. 가벼운 안부를 시작으로 유쾌하게 때로는 진지하게 흘러가는 수다 속에서, 함께하는 육아도, 두 권이라는 책도, 그리고 새로운 꿈을 향해 나아가는 힘도 생겨났다. 지금부터 평범하지만 특별한 우리들의 이야기를 들려주겠다.

이 책을 읽는 법

+ 무언가 되고픈 엄마들에게

1   마음이 헛헛한 날, 커피와 수다가 땡기는 날이 딱 좋은 날입니다.
    (세상 다 가진 듯 더 이상 이룰 게 없을 것 같은 날 제외)

2   무언가 되고픈 엄마들을 2~3명을 모아보세요.

3   준비물은 커피 한 잔 값과 편히 수다를 나눌 공간이 필요합니다.
    (꼭 카페가 아니어도 돼요. 다방 커피 가능)

4   일단 재미나게 이야기를 합니다. 주제는 나에 관한 모든 것.
    (남편 흉보기 금지, 시댁 흉보기 금지, 애들 공부 걱정 금지 등)

5   되고픈 것을 발견했다면 수첩에 메모해두세요.
    (메모는 꼭 다시 챙겨보기)

6   도전할 방법을 생각해봐요. 정답이 아니어도 좋아요!

7   방법이 나왔다면 1보 식신!
    (좋은 때란 없어요. 마음이 동한다면 지금 시작!)

8   나를 위한 시간을 내어 보세요.
    (약간만, 조금만 노력해도 돼요. 그러나 꾸준히!)

9   중간중간 수다 점검은 필수!
    (진전이 없어도 괜찮아요. 원래 다 그래요.)

10   잘하려고 하기 보다 '완주'하기가 목표
    (아이들한테 이런 잔소리 많이 해 봤죠? 엄마들 화이팅!^^)

contents

Part 1　진미, 커피 말고 민트차 있죠?

☕ Part 2   미영, 아메리카노 한 잔!

Part 3   지해, 오늘은 고구마 라떼?

약간만,
조금만 노력해도 돼요.
그러나 꾸준히!

진미,
커피 말고 민트차 있죠?

blog

brunch

"여보, 나 갈게, 더 자."

남편의 목소리는 따뜻하고 조심스럽다. 잠시 후 살금살금 현관문 닫는 소리가 들린다. 남편의 출근 시간은 오전 6시 40분, 내가 잠에서 깨는 시간은 십분 뒤인 6시 50분이다. 남편 말대로 한숨 더 잤다가는 하루 스케줄이 모두 엉망이 되기 때문에 슬금슬금 일어나 해야 할 일들을 처리한다.

식탁 위에 놓인 노트북을 켜 지난밤 탈고한 원고를 펼친다. 나는 임신·출산·육아미디어 《리드맘》에 영화칼럼을 연재한다. '영화로 배우는 육아'라는 소제목으로 두 아들과 함께 본 영화, 아들 키우는 엄마에게 꼭 추천하고 싶은 영화를 감상평과 함께 소개하고 있다. 한글 파일로 읽을 때와 인터넷 매체에 발행됐을 때의 분위기가 달라 이메일 보내기 직전까지 원고를 고치고 또 고친다.

그 사이 두 아들을 깨워 밥 먹이고 가방 챙겨 학교에 보내면 9시다. 그때부터 꼭 해야 할 일들이 나를 기다리고 있다. 평생교육원 사이트에 접속해 사회복지사 2급 강의를 수강한다. 한의원 출근 전까지 들을 수 있는 강의 숫자는 2개. 강의를 틀어놓고 나의 보물 3호쯤 되는 대학스프링 노트를 펼쳐 강의 내용을 메모한다.

김진미 영화칼럼리스트

오전에는 영화칼럼니스트이자 두 권의 책을 낸 저자, 오후에는 파트타임 간호조무사로 오전과 오후가 다른 삶을 산다. '투잡러'로 살아남으려면 켜고 끄기를 잘해야 한다. 한의원에 출근하면 글 쓰는 삶, 자기계발을 좋아하는 문예창작학과 출신 여자의 삶이 꺼진다. 그것을 빨강색 스위치라 명명하면, 빨간 스위치를 OFF 하고 동시에 바로 옆에 위치한 파란색 간호조무사 스위치를 ON 하는 것이다. #두아들엄마 #간호조무사 #밀키트사랑해 #남편이요리하면안되나 #행복한개인주의자

영화관에서 보낸
7년

나의 20대 키워드는 '영화'이다. 삼성동 메가박스 개관 멤버를 시작으로 다수의 영화관 운영팀에서 근무했다. 영화도 좋아하고 영화관도 좋아했던 나. 첫 꿈은 노벨문학상을 타는 작가였는데 고등학생 때 동숭시네마텍과 《씨네21》을 만나고 영화와 사랑에 빠졌다.

신문에 대문만 하게 실린 구인광고를 보고 메가박스 영화관에 이력서를 썼다. 남자 면접관 중 하나가 스트레스 대처법을 물었다. 밖에 나가 산책하고 여기저기 걷다 보면 기분이 좋아진다고 편안하게 대답했다. 덕분에 미도파 극장 근처에 살던 나는 강남의 코엑스몰을 관통해 메가박스 멀티플렉스로 출근하는 행운을 얻었다.

영화관의 파란 네온 밑을 통과하는 순간 시간과 공간이 잊힌다. 매표, 매점, 검표 업무를 순환하며 관객들을 만났다. 그들은 '영화 좀 사실래요?'라고 말하지 않아도 티켓을 구매했고 '활짝 웃어보세요'라고 말하지 않아도 환하게 웃었다. 데이트 중인 사람들, 팝콘을 먹으며 영화를 기다리는 사람들과 소통하는 일은 별다른 스트레스를 동반하지 않는다.

그리고 메가박스 경력을 살려 대한극장에 입사했다. 건물을 허물기 전 〈아라비아의 로렌스〉를 보려고 찾았던 충무로역 대한극장이다. 1개 관에서 8개 상영관으로 재개관한 영화관은 지하부터 꼭대기 층까지 에스컬레이터를 운행했고 외국 대작, 한국 스타들이 출연한 영화 시사회를 진행하며 충무로의 부활을 예고했다. 지금도 나는 대한극장 꿈을 자주 꾼다. '반지의 제왕' 상영관을 지키며 1월 1일 0시 40분을 맞이한 일, 엔딩크레딧이 올라간 스크린을 통해 2002 월드컵전을 중계한 관개 이벤트는 두고두고 기억에 남는다. 그곳이 아버지의 영화관인양 애사심을 갖고 근무했다. 7층 테라스에서 밤의 영화관을 지키다가 관객들의 마지막 입장을 체크하고 퇴근하는 기분은 진짜 끝내줬다.

단성사 재개관은 변화의 끄트머리에 위치한다. 멀티플렉스로 바꾸지 않으면 살아남기 어려웠던 만큼 종로는 어수선했다. 나의 선택도 어수선했다. 대한극장에서 단성사로 이직하지 말았어야했는데 '그눔'의 접어둔 날개가 간지러웠다. 〈마파도〉 상영관에서 매일 관객들의 웃음소리가 들렸고 〈마파도〉 상영관을 벗어나면 로비에는 사람이 없었다. 소위 장사가 안됐던 거다.

마침 메가박스 동기가 맞은 편에 재개관한 피카디리에 근무했는데 우리는 일주일에 한 번 이상 종로3가 지하철 연결통로에서 만나 서로에게 파이팅을 던지고 각자의 영화관으로 들어갔다. 동기는 피카디리에서 잘 버티었고 나는 운치가 사라진 종로3가에 정을 떼며 단성사와 몇 달 만에 이별했다.

***

서울, 그리고 대한민국 팔도가 멀티플렉스 열풍을 겪는 시기였다. 자신감으로 점철한 나는 서울을 떠나 무대를 넓히기로 했다. 물이 짜다는 인천으로 건너가 A 영화관에 입사했다. 모아둔 월급으로 원룸텔 보증금을 냈고 점심은 영화관에서 주는 식권으로 해결했다. 아침과 저녁은 비좁은 원룸텔에서 대충 때웠는데 끼니 따위는 독립한 여자의 삶에서 중요치 않았다.

서울의 딸이던 나는 인천에 적응해 동네 곳곳에서 영화관 개관을 홍보했다. 영화관으로 찾아온 인천 출신 개그맨, 연예인들과 폴라로이드 인증 사진도 찍었다. 무슨 영화가 인기였더라⋯ 사무실에서 마케터로 근무하느라 퇴근 후에도 여유로운 관람을 즐길 짬이 없었다.

마지막, 인천 B 영화관으로 몸을 옮겼다. 스크린마다 〈괴물〉을 상영했다. 벽돌색 트레이닝복을 입고 한강을 달리는 배두나를 하루 다섯 번은 보았다. 꼭 그렇다. 상영관 문을 열면 약속이나 한 듯 배두나가 나온다. 시차를 두고 다시 문을 열면 약속이나 한 듯 송강호가 텔레비전을 때리는 장면이다. 같은 장면이지만 몇 번을 보더라도 웃기고 행복하다. 웃긴 영화일수록 매점 매출이 높다.

팝콘과 콜라 판매량이 어마어마했던 그 영화관. 바쁜 날은 사장이 매점에 들어와 팝콘 기계를 돌렸고 나는 팝콘케이스 대중소, 콜라컵 대소의 재고를 세며 숫자 싸움을 했다. 스텝이 지각한 날은 매표소에서 표도 팔았다. 작은 영화관이라 멀티로 움직였다. 강남에서 시작한 영화관 생활이 인천 변두리 골목까지 흘러든 과정을 설명하려면 말이 길어진다.

심야상영을 마치고 혼자만의 공간에 들어선 어느 날, 문득 한숨이 났다. 고시원의 구리구리하고 칙칙한 면면이 눈에 들어왔다. 〈8월의 크리스마스〉의 리뷰를 써서 영화잡지에 투고하던 스무 살은 심술이 잔뜩 붙은 영화관 사장 밑에서 일하며 고시원에서 20대의 끝을 보내고 있다. 그 사이 메가박스 동기 한 명은 서울 외곽 메가박스의 점장으로 승진했고 또 다른 동기는 예술전용영화관 주임이 됐다. 또 다른 동기는 영화사 신입으로 입사했다. 친구 한 명은 부산국제영화제 스텝이 되었다.

고시원의 박쥐 같은 어둠 속에서 현실이 보였다. '영화'라는 키워드를 쫓아 자유롭게 흘러왔고 항상 망설임 없이 달렸지만 이제 브레이크를 걸어야 할 때라는 결론이 났다.

"관두겠습니다…."

7년의 영화관 생활을 과감하게 끝냈다. 트렁크 하나에 단출한 짐을 챙겨 가족들이 사는 집으로 돌아왔다.

우리의 수다

└ 미영　영화관에서 일할 생각은 1도 못 했던 나에게 이 이야기는 흥미로운걸!
　　　　20대의 전부를 영화와 함께 보냈었구나.

└ 지해　영화와의 인연이 이렇게 시작되었다니, 오랜 시간 함께해온 친구 같은 존재겠다.

002

어린이 영화도 있습니다

영화관 밖은 바람이 살랑거렸다. 해가 뜬 세상에 나가 현실을 살고 현실에서 꽃필 또 다른 영화의 주인공이 되겠다는 약속을 실천했다. 아이 키우며 '영화'라는 키워드를 떠올린 횟수는 채 스무 번도 되지 않는다. 영화관을 퇴사하고 십 년 이상의 시간이 훌쩍 지나간 요즘, 첫째 아들에게 자주 던지는 질문이 있다.

"이번 주에 보고 싶은 영화는 골라났니?"

"없어. 지난번에 내가 보자고 한 영화 봤으니까 이번에는 엄마가 보자고 하는 영화 볼게."

"그래? 따로 생각한 거 없으면 브라질 남자아이가 나오는 영화 볼래? 딱 너희 또래 아이들이 주인공인 영화로 찾아 놓은 게 있어."

첫째 아이가 초등학교에 입학할 무렵부터 영화 육아에 관심을 가졌다. 이전까지는 책육아를 했다. 동네에서 둘째가라면 서러울 만큼 온도 높은 책육아로 아이를 키웠고, 그 팁을 독서칼럼으로 연재했다. 첫째 아이는 어린이집 시절부터 현재까지 독서왕 상장을 받고 있다.

아이를 키우며 텔레비전 없는 거실을 따로 구상하지는 않았다. 가장 추운 방에 텔레비전을 설치하고 남편에게 밤새 TV 보는 자유를 허했더니 그 방에는 남편만 들어가 TV를 보다 혼자 잠들고 나와 아이들은 가장 따뜻한 방에서 독서하며 무지갯빛 고운 꿈을 꿀 수 있었다. 나 역시 학급문고와 친구네 집에서 빌려온 책으로 동서양의 오늘과 과거, 미래를 읽으며 텔레비전 없는 유년기 환경의 무료함을 극복했다.

그러나 책육아에도 구멍이 있다. '문학'과 '비문학'을 글씨로만 접하려는 고집을 버려야 한다. 아이들이 초등 중학년에 이르면 게임, 유튜브 등의 영상물에 노출되면서 책과 멀어지는 시기가 오는데 그때가 바로 책육아와 영화육아를 병행할 수 있는 적기이다.

"엄마, 나도 카트 사고 싶어요. 카트 하나만 사게 허락해주세요. 네? 아무리 노력해도 새 카트를 안 사면 카트라이더 게임에서 1등을 못 해요."

"엄마, 내가 도티 유튜브에 '좋아요' 눌렀어요. 엄마도 나랑 유튜브 같이 봐요. 도티는 정말 멋진 사람이에요. 노래도 잘해요. 같이 도티 노래 들어봐요, 네?"

"엄마, 엄마, 이것 좀 봐요. 흔한남매 엄청 웃겨요. 봐요, 빨리. 그리고 엄마, 실제로는 남매가 아니고 둘은 사귀는 사이래요. 같이 봐요."

아들은 독서의 재미를 배웠듯, 영상물 보는 재미를 배웠다. 큰소리 내지 않고 카트를 사줬고 도티 노래를 세 곡 이상 들었으며 흔한남매를 TV로 함께 시청했다. 세상이 변하는 걸 엄마가 막을 수 없다. 하지만 게임을 직접 하는 것도 아니고 남의 게임을 중계하며 목소리를 높이는 유튜브 방송에는 식겁할 수밖에 없었다.

"저 아저씨도 유튜버니?"
"아, 엄마, 이 아저씨는 아들이 고등학생이래. 근데 너무 재미있게 게임방송하는 유튜버야. 인기 많아."

"저 사람은?"

"저 형은 얼굴이 잘생겼지? 군대도 다녀왔대. 이 형 게임 방송은 더 재미있어. 지난번에는 다른 유명 유튜버랑 합방도 했어."

"그래…."

1980년생 엄마가 밀레니엄 세대와 소통하는 비결은 아동의 놀이와 여가를 날것 그대로 파악하는 것이다. 아들들은 쌍팔년도 시절부터 동네 오락실에서 책가방 버려두고 게임을 즐겼고 이제 오락실 대신 안방에 앉아 게임과 영상을 누리는 게 되었다. 아들 육아 책을 50권 가까이 대출해 읽으며 전문가 의견을 수렴했다.

아들 육아 책을 부지런히 읽은 뒤 아들 또래의 소년이 주인공으로 나오는 영화도 몇 편 떠올렸다. 당장 생각나는 영화는 다섯 편이었다. 〈프리윌리〉, 〈나홀로 집에〉, 〈코코〉, 〈원더〉, 〈빌리엘리어트〉.

'이 중에서 한 편이라도 보자, 아들 육아를 책으로만 배우려니까 2퍼센트 부족해. 살아 움직이는 영화를 보면 아들 키우는 데 분명 도움을 얻을 수 있을 거야.'

우리의 수다

└ 미영 　아이들과 함께 어린이 영화를 챙겨보고 싶다는 생각
　　　　이 드네. 피할 수 없는 거라면 함께 즐기는 게 좋은 방
　　　　법인 듯해.

└ 지해 　우리집도 주말마다 가족들끼리 돌아가며 영화를 고
　　　　르며 보고 있어.
　　　　이왕이면 함께 즐길 수 있는 게 좋다고 생각해. 다음
　　　　영화는 〈프리윌리〉 찜!!

Note

+ 영화 리뷰

아들과 〈프리윌리〉를 봤다. 하루에 다 보기에는 초등 저학년에게 많은 양이어서 이틀에 나눠 관람했다. 영화 전반부는 주인공 소년의 반항기를 담고 있는데 아들이 그 부분에서 대리만족을 한 것 같다. 아들은 요즘 반항이란 걸 하고 싶은 것 같다. 아들도 나도 가 본적 없는 미국. 93년 즈음 미국인들의 라이프 스타일을 구경하는 재미도 쏠쏠하다.

고래 윌리는 방파제를 넘어 자유를 찾는다. 자유를 얻는 동시에 우정을 나눈 소년과 이별한다. 엔딩 감흥이 사라지기 전 흐르는 마이클 잭슨의 노래는 아줌마의 감성을 한 번 더 자극했다. 컴퓨터 책상이 좁아 아들은 의자에 앉아 보고 나는 뒤에 서서 봤다. 아들이 다 보고 나서 말하길 윌리가 방파제를 한 번에 넘어서 아쉬웠단다.

"무슨 뜻이야? 못 넘어가길 바랐니?"
"몇 번 실패할 줄 알았어. 한 번에 뛰어넘으면 너무 대단한 거 잖아."

"(당혹)…"

"저걸 어떻게 한 번에 넘지? 넘는 연습을 수족관에서 그렇게 많이 했나?"

"(난감하지 않은 척)… 수족관 사장이 쫓아오니까 한 번에 넘어야지, 안 그럼 잡히잖아."

"그래. 엄마, 사람들의 사랑의 힘을 받아 방파제를 넘은 거야."

역시 내 아들이다. 윌리를 사랑해준 사람들의 응원을 알고 있다. 방파제를 단 번에 넘은 점은 소심한 성격의 아들에게 부담스러웠고 아들의 소심함을 한 번 더 인지시켜준 소중한 영화다. 이제 바다만 보면 〈프리윌리〉만 생각나겠다. 나는 어떤 방파제를 넘고 있을까. 우리 아들들은 미래에 어떤 방파제를 넘게 될까. 한 번에 못 넘고 여러 번 걸리더라도 결국은 넘을 수 있도록 두 아들에게 사랑을 줘야겠다. 파란 바다가 7월이라는 계절과 잘 어울리는 영화다.

003

단편 영화에 출연하다

"엄마는 언제 나와?"

"어, 엄마 나왔다. 엄마가 영화에 나왔어!!"

영화관과 영화관을 옮기는 휴직기를 이용해 한겨레문화센터에서 영화프로듀서 과정을 수료했다. 거기 친구들과 〈지낭이 프로젝트〉라는 단편 영화를 찍었다. 가끔 시간을 내 CD에 저장한 영화를 틀어보면 어쭙잖은 발연기, 뒷배경으로 스치는 압구정의 유행 지난 모습에 할 말을 잃는다. 하지만 아이들의 반응은 다르다. 영화 속에서 엄마를 발견했다며 아빠에게 전화를 걸라고 한다.

"아빠도 보여주자. 응? 아빠는 엄마 나오는 영화 안 봤잖아."

"아니야, 아빠는 나중에 보여주자. 저건 너무 창피해. 엄마가 나중에 제대로 된 영상 찍으면 그때 또 보여주면 되지."

"맞아, 엄마는 영화 좋아하니까 영화감독도 될 수 있어."

아들에겐 말하지 않았다. 스물일곱 살 엄마도 영화감독을 준비했다는 걸. 〈지낭이 프로젝트〉를 마치고 얼마 뒤 감독의 열망이 꿈틀거렸다. 〈누나는 드레스를 훔치지 않았다〉라는 제목의 시나리오를 이틀 만에 완성해 한겨레 문화센터 동기들과 촬영했다. 나는 이 영화에서 등이 꼬리뼈까지 파인 검은색 드레스를 입고 주연 여배우로 활약한다. 드레스 차림으로 빌라 옥상에 올라가 거리를 내려다보고, 골목을 배회하며 공원에 앉아 동네 유치원생들의 놀이 시간을 멍때리며 바라본다. 슈퍼마켓에 들어가 껌을 훔치는 장면도 있다. 눈치챘겠지만 〈누나는 드레스를 훔치지 않았다〉는 여자의 도벽을 다룬 단편 영화이다.

'초보 여성감독의 의외의 반란'이라는 찬사를 예상했다. 영화판을 좀 알고 있던 카메라 감독은 생각이 달랐나 보다. 첫 촬영 후 집에 돌아가며 눈맞춤이 없다. 상업영화 촬영 때문에 바쁘다며 필름 편집을 하지 않고 이후 연락을 피했다. 덕분에 노출 심한 드레스를 입고 열연을 펼친 나의 모습은 세상 어디에서도 볼 수 없게 되었다. 시나리오를 조금만 더 성실하게 썼더라면, 영화판을 조금 더 공부했더라면 촬영감독을 설득했을 텐데 촬영감독은 스물일곱 살의 천방지축 여자가 미덥지 않았나 보다. 아쉽지만 아쉬운 채로 영화 제작은 추억이 되었다. 만약 그때 감독으로 입봉했다면 아이들 및 남편과 진지한 눈빛으로 영화를 감상하고 있을 테지.

***

대학로 극단 2곳에서 면접을 보기도 했다. 하지만 영화판보다 더 열악한 실정을 파악하고 출근을 고사했다. 〈나의 처녀를 너희가 논하지 마라〉는 영화관과 영화관을 옮기는 사이 제6회 안티미스코리아 페스티벌에 참가해 선보인 모노드라마의 제목이다.

나는 날라리 여대생 차림으로 혼자 무대에 올라 약 15분에 걸쳐 처녀성에 대한 사회 고발을 비판했다. 할 말이 있으면 해야 한다는 입장이다. 임금님 귀는 당나귀 귀라고 갈대밭에 고발하고는 앓던 병이 깨끗이 나아졌다는 삼국유사 속 복두쟁이 이야기처럼. 그날 남대문 메사 팝콘홀 객석에 앉아 나의 메시지에 호응하고 박수를 쳐주던 방송인 홍석천 씨 얼굴은 아직도 감사하게 반짝거린다.

지인이 깔깔 웃으며 물었다.

"별 걸 다했네. 〈나의 처녀를 너희가 논하지 마라〉 같은 모노 드라마는 또 하고 싶니?"

"제목을 바꿔야지. '나의 세 번째 결혼을 너희가 논하지 마라' 같은 것으로 말이야. 말만 들어도 괜히 공감 가고 위로되지 않아? 트렌드가 변했어. 제목이 전부라는 책들도 많아졌는데 그래도 어때, 난 좋더라. 근래 10년 동안 엄마들을 위해 출간된 책이나 영화, 연극은 제목만으로 우리 엄마들을 확 깨우고 가잖아."

"제목이 뭐지, 아, 〈누나는 드레스를 훔치지 않았다〉 그 영화. 만약에 제작비 지원받으면 지금이라도 찍어볼래?"

"됐어. 절대 안 찍어. 제작사에 아이디어만 넘길까 봐. 500원짜리 껌도 드레스도 훔치지 싶지 않아. 아들을 둘이나 키우는데 교육적인 부분을 간과해서는 안 되지. 훔칠 수 있으면 젊음을 훔치겠다. 하하하."

우리의 수다

ㄴ 미영　다시 영화를 찍게 되면 열렬히 응원할게. 그 열정만으로도 난 대단하다고 생각해.
정말 첫 번째 영화로 제대로 입봉했다면 우리가 만날 수 있었을까?

ㄴ 지해　〈나의 처녀를 너희가 논하지 마라〉는 또 뭐야? 완전 관심 가는 제목인데?
우리 아직 나눌 얘기들이 많은 것 같아.

+ 영화다이어리

1988년 1월 27일

〈우뢰매〉를 보러 도봉극장에 갔다. 델리, 보미, 김 박사, 엄 박사 등이 나왔다. 델리가 참 예뻤다. 그런데 언니는 이티 엄마가 더 예쁘다고 하였다. 에스포맨이 참 멋있었다. 에스포맨에게서 에너지가 나오는 것을 보았다. 또 에스포맨 목소리가 참 좋았다.

2007년 4월 29일

친구가 일하는 ○○영화관에서 〈극락도 살인사건〉을 봤다. 명동은 남녀가 서로를 의지하며 걸어가는 모습으로 그득했다. 정작 나는 동행이 없다. 영화는 소문대로 무서웠다. 겁쟁이면서 기어코 혼자 〈극락도 살인사건〉을 본 이유는 무엇일까. 혼자서도 공포영화 잘 볼 수 있다고, 나는 성장했노라고 확인하고 싶었던 것 같다.

2015년 8월 28일

남편 쉬는 날이라 〈베테랑〉을 봤다. 유아인이 신들린 연기를
했다. 그래도 지난주에 본 〈암살〉의 하와이 피스톨 하정우를
못 잊겠다. 오늘 상영관 나오면서 잠깐 생각하니까 남편이랑
하정우랑 왠지 닮은 구석이 있는 것 같기도 하다. 우리 남편은
하정우와 분명 닮은 데가 있다. 지난번 〈베를린〉과 〈황해〉에서
하정우를 봤을 때도 분명 이런 생각을 했단 말이지. 남편은 멋
지다. 남편은 하정우다. 나는 남편을 좋아한다⋯. 주문을 건다.

2021년 1월

아들이랑 〈귀멸의 칼날〉을 봤다. 잔인한 일본 애니메이션은 관
심 없기 때문에 옆에서 잠이나 몰래 잘 생각이었다. 그런데 왜
이렇게 재미있음?
흡혈귀 여동생을 등에 업고 다니는 주인공 카마도 탄지로. 반
가운 엄마와 동생들을 만나 꿈에서 깨지 못하는 소년 탄지로
이야기가 실득력 있었다. 소문난 애니는 역시 퀄리티가 다르
다. 아들과 하루종일 귀-칼 이야기만 했다. 아들이 꼭 보자고
난리 쳐서 본 〈귀멸의 칼날〉. 사춘기 아들 소원 들어주러 코로
나 와중에 영화관에서 영화보길 진짜 잘했다.

004

대학 전공을 살려야 하나

학부 시절, 우리 과 학생들은 교수님들과 가깝게 지냈다. 그런데 소설창작 수업에서 교수님께 제대로 미운털 박힐 뻔한 일이 있다. 함께 읽자고 내놓은 교수님의 소설이 별로여서 느낌대로 말을 꺼냈기 때문이다.

"교수님 소설, 전혀 와닿지 않아요. 남자 주인공이 고생하며 성장했다는데 고생한 부분이 고생 같지 않네요. 과연 저걸 고생한 삶이라 말할 수 있나요? 더 밑바닥을 사는 삶, 더 힘들게 사는 사람 많아요. 주인공 남자가 아픈 척하는 거 보기 불편해요."

남자 동기들이 옆구리를 쿡 찔렀다.
"왜? 뭐 어때서. 진짜 그렇잖아. 저게 뭐야. 온실 속의 화초처럼 자란 남자."

마침 강의는 평소와 달리 교수님 연구실에서 이뤄졌다. 화초와 세면대, 다기 세트, 원탁이 있는 소박한 공간에서 교수님의 표정은 알 수 없는 미궁으로 빠졌다. 그 소설이 교수님의 자전적 경험을 담았다는 걸 얼마 후에 알았다. 소설 속 남자가 교수님이었던 것이다.

희곡 창작 수업 때는 주로 연극을 보려 다녔다. 교수님을 필두로 소극장과 대공연장을 돌며 연극을 감상하고 배우 및 연출자와 인터뷰 시간을 가졌다. 가장 더운 기억으로 남는 건 밀양연극촌에서 보낸 1박 2일이다.

연극촌 배우들은 낮과 밤 없이 연극과 붙어살았다. 남자배우들은 건장한 몸을 지녔고 여자 배우들은 눈을 마주치기 어려울 카리스마를 소유한 사람들이었다. 마침 여름에 방문해서 덥고 습했는데 밀양연극촌의 뜨거운 공기가 더해져 지금 생각해도 목덜미가 찐득찐득하다.

연극 수업에서 눈을 유난히 반짝이던 학생 중 하나였던 나는 남녀 두 명이 등장하는 2인극을 희곡창작 과제로 써서 제출했다.

"김진미, 이게 뭐니? 지난번에 말했던 거 왜 안 쓰고 흔하디흔한 사랑 이야기를 써서 낸 거야?"

"죄송해요, 교수님, 밀폐된 공간에 갇혀 점점 변해가는 여섯 사람의 이야기는… 희곡으로 구현해 내기 힘들어서 그냥 현실 커플 이야기 썼어요. 죄송합니다."

상상한 것이 모두 작품이 되지는 않는다. 연극 한 편을 창작하기에는 내 깜냥이 부족하다는 걸 이미 알고 있었다.

시 창작 수업에서는 다양한 시를 만난다. 교수님의 시를 돌려가며 읽을 때가 있었고 공모전마다 입상을 하던 그 녀석의 시가 종종 대량 프린트되어 책상에 놓일 때도 있었다.

"이 녀석이 시를 참 잘 써. 대단해. 대단한 녀석이야."

우리 보다 두 학번 아래인 그 녀석의 시는 누가 봐도 완성도 높았고 함부로 따라 할 수 없는 시상이 담겨있었다. 나도 시를 잘 써 교수님께 칭찬받고 싶었지만 써봤자 대책 없는 산문시에 가까웠다.

그런데 어느 날, 교수님이 내 시를 읽고 목소리를 높였다.

"김진미, 이런 면이 있었니? 너 진짜 여자구나. 여성성이 강렬하게 드러나는 시야. '지퍼소녀와 하이드 씨'라는 시도 그렇고

'아빠와 다리'라는 시에도 성적 매력이 강렬히 드러나. 놀라운 걸."

"정말요? 감사합니다."

'지퍼소녀와 하이드 씨', '아빠와 다리'는 4학년 1학기 때 쓰기 시작했고 졸업 후까지 미완으로 남은, 내가 쓴 몇 안 되는 시 중 하나다.

어릴 적부터 꿈꿨던 작가의 길, 자연스럽게 선택한 문예창작학과. 가슴이 하고 싶은 말을 소설로도, 연극으로도, 시로도 표현할 수 없었지만 대학 생활은 재미있었다. 한편 나와 맞는 장르는 소설도 희곡도 시도 아닌 수필이란 걸 제대로 확인할 수 있었다.

우리의 수다

└ 미영 문예창작과라 배우는 게 정말 다양하네. 자신 없는 수업에서는 어려움이 컸겠다.
단순히 글을 쓰는 것 이상으로 필요한 포인트들이 있을 테니까.

└ 지해 빨리 알아챘네. 마흔 넘어도, 쉰 넘어도… .
내가 뭘 잘하는지, 뭐가 잘 맞는지 모르는 사람이 의외로 많더라.

005

노벨문학상 말고
글쓰기

문예창작학과의 취업 시즌이 됐다. 글쓰기를 좋아한다고 해서 글쓰기를 가르치는 선생님이 되는 게 이해되지 않았다. 책을 좋아한다는 이유로 책 만드는 회사에 들어가 사무직으로 일하는 것도 답답하게 느껴졌다. 그렇다고 대학원에 진학해 문학박사의 꿈을 노크하는 것도 해 먹을 짓이 아니었다. 나는 영화관에 입사했고 7년 동안 글을 안 쓰고 살았다.

다시 글을 쓰자고 말한 건 남편이다.

"당신, 문예창작학과 나왔다면서? 글을 써봐."

새댁 시절, 독서지도사로 돈벌이하다가 임신 준비 핑계로 집에서 보기 좋게 놀고 있을 때였다. 남편 월급으로 살림하고 옷

사고 책을 사 읽는 한량의 삶. 남편은 별말 없는데 혼자 눈치가 보인다. 당신의 와이프가 무늬만 문학도가 아니라 글을 제법 쓰는 사람이란 걸 확인시켜 줄 타이밍이다. 신춘문예 수필부문, 여성백일장 수필부문, 각종 문학공모전 수필부문에 글을 보내고 결과를 기다렸다.

우리 부부의 신혼이야기를 '작가와 엔지니어'라는 제목으로 써서 큰 상을 탔다. 그렇게 수필 쓰기가 알음알음 시작됐다. 지역 문학인 모임에 가입해 1년마다 작품집을 발간했고 교수님이 추천해준 계간지를 통해 수필 등단도 했다. 노벨문학상이라는 거창한 꿈 말고 피천득 같은 수필가가 되겠다는 실현 가능한 꿈을 키우게 됐다.

> 수필은 플롯이나 클라이맥스를 필요로 하지 않는다. 가고 싶은 대로 가는 것이 수필의 행로이다. 그러나 차를 마시는 거와 같은 이 문학은 방향을 갖지 아니할 때는 수돗물같이 무미한 것이 되어버리는 것이다.
>
> 수필은 독백이다. 수필은 그 쓰는 사람을 가장 솔직히 나타내는 문학형식이다. 그러므로 수필은 독자에게 친밀감을 주며, 친구에게서 받은 편지와도 같은 것이다.(중략)
>
> 이 마음의 여유가 없어 수필을 못 쓰는 것은 슬픈 일이다. 때로는

억지로 마음의 여유를 가지려 하다가 그런 여유를 갖는 것이 죄스러운 것 같기도 하여 나의 마지막 십분지 일까지도 숫제 초조와 번잡에 다 주어 버리는 것이다.

피천득 《수필》 중에서

고등학생 때 수필 '아버지의 자전거'를 써서 전국 고교생 공모전에서 대상을 받았다. 청소년기 내내 아버지는 나의 글감이었다. 결혼 후에는 남편과 아이가 글감이 되었다. 시인은 시시하고 소설가는 소소하고 수필가는 수수하다는 말이 있다. 나는 원래 수수했고 결국 수필과 잘 맞는다.

달라진 건 돈에 대한 책임감이다. 수필 외 글쓰기에도 발을 담궈 가족 경제를 책임져야 했다. 원고료 50,000원, 100,000원, 때로는 200,000원을 받으며 사진을 찍고 취재 다니며 시민기자로 활동했다. 어떤 달은 원고료 800,000원을 모을 수도 있었다. 800,000원의 후폭풍은 컸다. 남편이 매달 입금해주는 삼백만 원이 참 큰돈이란 걸 알았기 때문이다. 남편이 새벽부터 밤까지 일하며 벌어오는 급여를 허투루 쓰기 싫어졌고 돈 문제가 불편할수록 나는 다양한 글쓰기에 도전했다.

여중생 시절의 글쓰기 라이벌을 우연히 길에서 만난 적이 있다. 친구를 보자마자 문예창작학과에 재학 중이라고 밝혔다.

"그으래? 난 중국어 전공하고 있어."

당연히 글쓰기를 전공할 꺼라 믿었던 친구는 중국어학과, 그리고 중국의 희망찬 미래에 대해 3분가량 연설하고 상대의 비전은 묻지도 않은 채 가던 길을 갔다. 나에겐 정체성의 전부였던 문학을 친구는 과정, 도구로 이용했다는 걸 알고 잠시 다리가 휘청거렸다.

어쩐지 친구는 눈동자가 늘 야망으로 희번덕거렸었다. 글을 잘 쓴다고 해서 모두 문예창작학과에 가란 법은 없다.

그렇다. 글은 누구나 쓸 수 있다. 문자 메시지, 댓글, SNS에 올리는 단상이 모두 글이다. 아무에게나 글은 열려 있다. 어떤 글을 쓸지도 각자의 자유 의지에 달렸다. 단, 글 속에서 알게 모르게 묻어나는 인품과 가치관을 만들어가는 작업이 작가의 삶이자 사명이다. 사명을 갖고 글을 써야 한다.

우리의 수다

┗ 미영 글쓰기 공모전에서 대상이라니 멋지다!
　　　　나는 몇 년 전까지만 해도 글과는 상관없던 사람이라
　　　　이런 이야기 들으면 신기해.

┗ 지해 그 사명이라는 걸 품게 된 지, 나는 얼마 되지 않았어.
　　　　진미 글에서 마주하니 더 깊게 새기게 되네.

006

저자가 되기 위한
준비과정

.

"어떻게 하면 작가가 되나요?"

"책쓰기 코칭 같은 걸 받으면 도움이 될까요?"

SNS 계정 비밀 댓글에서 간절함이 묻어난다. 주기적으로 달리는 댓글을 보면 수년 전 나의 간절함을 보는 것 같다.

처음부터 책을 내고 저자가 되겠다는 계획을 세우지 않았다. 독자투고, 공모전 입상을 위한 글쓰기, 취재 기사 등을 쓰며 글쓰기 실력을 늘려나가던 즈음 SNS의 친구에게 칼럼니스트를 권유받았다. 친구는 인터넷 육아채널에 미술놀이 칼럼을 연재하고 있었는데 두드리는 사람에게 기회가 있다는 것이다. 인터넷을 서치하다 눈에 띈 베이비 뉴스에 간절한 지원서를 보냈다. 그리고 3년간 독서칼럼을 연재할 수 있었다. 아이와 평소에 주고받은 독서활동을 컨텐츠로 옮기는 거라 어렵지 않았고 글쓰기 훈련에도 도움이 됐다.

이어 월간지 《좋은 만남》에 3년간 에세이를 연재했다. 말랑한 에세이를 지면에 쓰고 싶어 성향이 맞는 잡지를 검색하던 중이다. 부산에 위치한 《좋은 만남》 잡지사에 정중한 지원서를 보냈다. 연재계획서, 이력, 전문성, 끈기, 꾸준함, 밝은 웃음 등을 모두 어필했다. 육아잡지, 초등생 잡지, 청소년 잡지, 기타 잡지 등에 칼럼을 기고하고 싶다면 서점에서 부지런히 발품을 팔아 나와 맞는 잡지사를 찾아야 한다. 인터넷 글과 지면 글은 분위기가 다르다. 온라인과 지면 모두에 글을 쓴 경험이 작가의 양식이 되었다.

그리고 《네가 잠든 밤 엄마는 꿈을 꾼다》를 출간했다. 책의 부제는 '두 아이와 함께 꿈을 키우는 프리랜서 육아맘의 감성에세이'다. 이 책에 대해 이야기하려면 잠시 숨을 고르게 된다. 당시 나는 책을 낼 상황이 아니었다. 갓 돌 넘은 둘째가 24시간 엄마를 찾았고 살림은 해도해도 끝이 보이지 않았으니까.

남편은 집안 꼴이 엉망이라며 매일 저녁 퇴근 후 인상을 쓰다가 잠들었다. 하지만 책을 내겠다는 목표가 생긴 이상 넋 놓고 앉아있을 수만은 없다. 살림이 엉망이 되든 말든, 아이들을 아침 일찍 어린이집에 보내고 책상에 껌처럼 붙어 글을 썼다.

공저 《육아 품앗이 해볼래》는 둘째가 여섯 살일 때 쓰기 시작했다. 첫 책을 요령 없이 미련하게 써 내려갔다면 두 번째 책은 육아와 글쓰기의 밸런스를 맞추며 완성했다.

요령은 간단하다. 아이들이 학교와 유치원으로 가면 1초를 다투며 장을 본다. 장 본 것을 서둘러 정리하고 오전 글을 쓴다. 아이들이 돌아오기 전 간식, 저녁밥, 놀 거리를 거실과 식탁에 세팅해 놓고 오후 글을 쓴다. 밤 글쓰기는 새벽 1시를 넘기지 않겠다고 약속을 정한 후 뛰어 들어야 한다. 그럼에도 글 쓸 시간은 부족하다. 주말 중 하루는 남편 찬스를 써서 도서관이나 카페에 앉아 글을 써야 한다. 아이 없이 도서관이나 카페에서 글을 집중해 쓰려면 남편에게 전략적인 서비스를 베풀 줄 알아야 한다.

강조하건대 아이들이 잠든 밤, 엄마도 잠을 자야 한다. 물론 귀하게 주어진 틈새 시간이 아까워 새벽까지 잠을 이루지 못하는 엄마들이 대부분이다. 다른 엄마는 아이를 어떻게 키우는지, 무슨 음식을 해 먹이는지, 인터넷으로 무슨 강의를 듣는지, 언제 육아휴직을 썼는지, 회사는 어떻게 복귀했는지, 아이를 키우며 감당할 수 있는 창업은 뭐가 있는지 찾다 보면 밤을 꼴딱 새기 일쑤다.

결국 남편이 방에서 나온다.

"뭐야? 아직까지 인터넷 해? 애들 잘 때 안 자니까 낮에 애들한테 짜증내는 거잖아. 어서 눈 좀 붙여."

남편의 말이 틀린 것 하나 없다. 밸런스의 문제다. 부디 수면과 건강, 식사를 요령껏 챙겨가며 저자 엄마로 성장하자.

우리의 수다

└ 미영　책 쓰고 싶어 하는 엄마들 많은데, 어떻게 써야 할지
　　　궁금해하는 사람이 많더라.
　　　시간을 살짝만 쪼개서 지속적으로! 진미처럼 찬스를
　　　잘 이용하라고 말하고 싶네.

└ 지해　책뿐만이 아니라 우리 삶 곳곳에 균형이라는 건 꼭
　　　필요하지.

007

간호조무사입니다만

간호학원에 등록하자 지인들은 난리가 났다.

"역시 언니다워."

라고 경탄한 동네 엄마.

"부러워요. 간호조무사에 관심 있는데 용기가 안 나서 못 하고 있었거든요."

라고 고백한 첫째 아들 친구의 엄마.

"저 아는 엄마도 간호조무사 자격증 땄는데 장롱 면허로 썩히고 있대요."

라고 말한 둘째 아들 친구의 엄마.

"나는 네가 계속 글 썼으면 좋겠어."

라고 응원한 10년 지기 친구.

"우리 딸이 간호조무사를 하겠다니 용하다. 노인 인구가 늘어서 간호조무사 자격증이 쓸모가 많을 거랬어. 축하한다."

라고 격려해준 친정엄마.

인간은 선택하는 삶을 산다. 아이의 운동화 하나를 사주더라도 나이키, 아디다스, 필라, 뉴발란스를 놓고 갈팡질팡하는 상황에 놓인다. 선택의 고민을 피하고 싶다면 매일 같은 루틴으로 살면 된다. 그러나 어제와 다른 삶을 살기로 작정했다면 과감하게 선택하고 결과를 받아들여야 한다.

나의 간호조무사 도전은 분명 갑작스러웠다. 하지만 어제처럼 살고 싶지는 않아서, 더 이상 불안전한 프리랜서 작가의 삶이 싫어서 간호학원에 등록했다. 할까 말까 할까 말까 고민될 때는 에라 모르겠다는 심정으로 질러버리는 게 낫다고 하지 않던가.

딱 1년 지나 자격증을 손에 쥐었다.

"간호조무사 생활이 그렇게 만만할 줄 알아? 당신 정신력으론 몇 달도 버티기 힘들어. 나중에 힘들다고 울지 말고 지금 포기해."

퇴근하고 들어와 자신의 옷을 구깃구깃 정리하는 남편은 머리부터 발끝까지 짜증이 뚝뚝 떨어졌다. 돈 벌어오지 말라는 소리가 행복에 겨운 꿀이 아니다. 가장은 의도치 않게 가장이 아닌 구성원을 무시하는 경우가 많고, 경제권과 의사결정권을 동시에 쥔 남편과 맞짱 뜨는 방법은 살림과 육아를 기똥차게 해내는 것뿐이다. 하지만 가사 수행 능력과 모성애가 현저히 떨어지는 나에게 남편과 대응할 무기는 없었다.

아내를 깎아내리던 남편은 며칠 후 말을 바꿨다.
"당신은 정말 대단한 사람이야. 나는 한 직장을 10년 넘게 다녔기 때문에 이직은 불가능하고 직종을 바꾸는 건 상상도 못 해. 그런데 당신은 글만 쓰다가 간호조무사를 선택하다니 존경스럽고 대단하게 느껴져."

두 가지 태도 모두 남편의 진심이다. 자백에 가까운 고백, 고백에 가까운 남편의 명언을 가슴에 새긴 나는 간호조무사 자격증 시험에 가뿐히 합격했고 한 달 뒤 한의원에 취직했다.

숙명여대 교수와 한국시인협회장을 지낸 신달자 시인은 매체와의 인터뷰에서 "나이가 들어서 그런가. 요즘은 난 참 복이 많아. 그래, 난 상 받은 거야, 이런 소릴 많이 해요. 내가 가진 모든 것에 덤을 얹어주게 되더라고요. 젊을 땐 가진 복도 이게 무슨 복이야 하면서 덜어내려고 했어요."라고 말했다.

  신달자 시인 말에 공감한다. 대학을 갓 졸업한 어린 나이에 한의원에 취직했으면 이게 무슨 복이야 하면서 덜어내려고 했을 것이다. 인생을 제법 알게 되는 마흔에 한의원에 입사하고 '난 참 복이 많아. 그래 나에게 늦은 복이 터졌어'라고 행복을 느낀다.

  '어디가 불편하세요?'라는 의사의 물음은 '무엇이 네 삶을 이토록 힘들고 아프게 하니?'의 다른 말이다. 이용료가 부담스럽지 않다는 것, 편히 눕거나 앉아 치유 받고 가는 공간이라는 점에서 한의원과 영화관은 닮았다.

우리의 수다

∟ 미영 처음에 진미가 간호조무사로 일한다고 해서 깜짝 놀랐어. '왜?'라는 생각이….
근데 이 글을 읽으니 이해가 가네.

∟ 지해 사실 나는 진미가 그만둘 줄 알았어.
한의원 때문에 손가락에 파스 칭칭 감았던 적이 있잖아. 그걸 견뎌 내다니 대단해!

008

영화로 배우는
육아

남편은 주말마다 TV를 본다. 소파에 꿈쩍없이 누워 주말의 영화를 감상하는 남편 옆에 첫째 아들이 앉아있다. 제법 어엿한 아들의 뒷모습도 기특하고 자기와 눈매가 꼭 닮은 아들을 옆에 끼고 앉아 수컷끼리의 대화를 이어가는 남편의 어깨도 바람직하게 보인다. 부자는 예능 프로를 보면서 폭소할 때도 있지만 대개는 〈분노의 질주〉, 〈본 아이덴티티〉 등의 널리 알려진 헐리우드 액션 영화를 보면 시간을 보낸다. 그런데 대략 2시간 후 부자의 영화감상은 새드앤딩을 맞이한다.

"아들, 이제 공부 좀 하지?"
"조금만 더 보고요."
"나가서 공이라도 차든가."

"공 찰 애들이 없잖아요."

"야, 인마. 동생 데리고 킥보드라도 타. 아니면 배드민턴이라도 사줘? 주말은 아빠도 쉬고 싶다고."

"저도 좀만 더 보면 안 돼요?"

"아우, 짜슥이….”

두 남자의 대화를 밖에서 들으면 저러다 부자간의 싸움이 터지지 않을까 가슴이 벌렁거린다. 어느새 아들은 자기주장이 강해진 소년으로 성장했다. 채널마다 상영 중인 액션영화, 무협영화, 재난 영화의 유혹을 저버리지 못한다. 축구도 싫다, 학교도 재미없다, 좋은 건 오로지 게임뿐이라는 아들. 게임을 못 하게 말리면 영화를 보겠다고 아버지 공간인 TV방을 기웃거린다. 아버지 기에 눌려 영화도 마음대로 보지 못하는 아들이 딱해 남편이 부재중인 틈을 타 손을 꽉 잡았다.

"오늘은 너 좋아하는 영화 봐."

"정말? 정말로 돈 내고 영화 보여준다는 거지?"

"그래. 올레 TV에서 오천 원 이하까지는 구매해줄게."

"고마워 엄마. 보고 싶은 영화는 〈부산행〉, 〈신과 함께〉, 〈극한직업〉, 마동석 나오는 영화, 좀비 영화…. "

"알았어. 하나만 골라. 앞으로 아빠가 없는 날은 영화데이다."

천사 아들과 이별했다. 학교에서 일어난 일을 미주알고주알 전해주던 굿보이는 시나브로 배드가이가 됐다. 좋아하는 게임을 하고 좋아하는 웹툰을 보고 좋아하는 친구와 통화한다. 씻어라, 게임 그만해라, 학원 가라, 밥 먹어라, 하고 챙겨주면 엄마에게 무시무시한 도끼눈을 뜨며 말대꾸를 한다. 엄마 품을 떠나기 위해 차근차근 독립 중인 아들을 보면서 하루에도 몇 번씩 섭섭함, 외로움, 놀람, 슬픔 등 감정의 롤러코스터를 탔다. 천만다행인 것은 아들이 영화를 좋아한다는 점이다. 원하는 영화를 보여주면 학교 이야기, 학원 이야기, 친구 이야기, 지금 보는 영화에 대한 자신의 의견을 가감 없이 들려준다. 그렇게 120분을 붙어 지내며 다른 차원에 살고있는 아들의 세계를 조금씩 공유할 수 있었다. 영화는 아들과 나의 소통 매개체이다.

***

좋은 어린이 영화의 기준은 뭘까?

꼭 내 이야기 같구나, 라고 느낄 수 있으면 최고의 영화이다. 〈화성은 엄마가 필요해〉의 미국 소년은 화성에서 엄마 목숨을 구하려고 하나뿐인 산소마스크를 양보한다. 〈집으로〉는 귀머거리 외할머니와 한 달을 보내며 철드는 한국 소년의 이야기다. 〈베카스〉는 이라크의 어린 형제가 모래 먼지 같은 현실 위에서 꿈을 향해 모험하는 과정을 가감하지 않고 보여준다. 〈꼬마 니콜라의 여름방학〉은 프랑스 소년들의 여름방학 성장기를 담았다. 인물과 사건에 감정이입 하다 보면 프랑스 언어와 문화에 관한 이질감도 자연스럽게 사라진다. 〈와와의 학교 가는 길〉은 중국의 학령기 소년이 개인의 트라우마와 아픔을 극복하고 학교에 가는 이야기를 들려주고 있다.

'와, 저 아이는 저렇게 지내는구나. 꼭 내 이야기 같아.'

지구촌 소년 소녀들은 생김새가 다를 뿐이다. 비슷한 뇌구조를 가졌기에 비슷한 고민을 안고 비슷한 문제로 분노하며 성장한다. 그래서 영화를 보고 나면 영화 속 소년과 소녀가 우리집 집 근처에 사는 느낌이다. 좋은 영화 한 편이 아이의 사춘기를 토닥이고 인생을 풍요롭게 하며 나아가 미래 직업을 결정한다. 영화를 볼수록 아프리카 아이들도 만나고 싶고 시리아 아이도 만나고 싶고 벨기에 아이들도 만나고 싶어진다. 이동은 모두 똑같다는 보편적 진리를 깨닫고 나면 내 아이의 일거수일투족 50퍼센트를 이해하게 된다.

우리의 수다

└ 미영   첫째에게 제대로 된 힐링 타임을 선물했네.
　　　　아이가 도끼눈을 뜰 걸 생각하니 벌써 섬뜩하다.

└ 지해   아들과의 새로운 소통 창구를 찾다니 그것만으로도
　　　　훌륭하오!!!

009

영화로 배우는 엄마 인생 찾기

엄마가 주인공인 영화를 봤다. 〈피에타〉, 〈마더〉. 큰맘 먹고 선택한 두 편의 영화는 육아맘의 우울감을 높이고 엄마로서의 자신감을 떨어뜨렸다. 조민수처럼 아들의 복수를 대신할 엄마가 될 수 없고 김혜자처럼 범죄자 아들의 뒤를 닦아줄 담력도 없다. 그러나 좌절할 필요 없다. 대한민국의 엄마 페르소나는 조민수와 김혜자가 전부는 아니다. 아들과 본 몇몇 어린이 영화에서 엄마 역할에 대한 또 다른 답을 찾을 수 있었다.

〈개를 훔치는 완벽한 방법〉의 강혜정. 그녀는 승합차에서 두 자녀와 숙식하는 엄마다. 작정하고 돈 벌어도 모자랄 판에 하루 몇 시간, 친구 레스토랑에서 일하고 지폐 낱장을 챙긴다. 초딩 딸도 인정한 철부지 엄마를 보고 용기를 얻었다. 저런 엄마도 있구나!

〈마틸다〉의 생모도 눈여겨 볼만하다. 도박하고 쇼핑하고 아들만 이뻐하더니 딸을 번듯한 양육자에게 입양시킨다. 입양 보내지 않고 집에서 평생 방임하겠노라 고집 피웠다면 마틸다의 미래는 어찌 됐을까. 마틸다 생모의 쿨한 '놓아줌'은 주변 엄마들과 토론 거리로 삼고 싶은 이슈다.

〈키리쿠와 마녀〉는 엄마의 돌봄 역할에 의심을 품게 한다. 태아 키리쿠는 스스로 엄마 몸 밖으로 나온다. 아기 주제에 엄마 보살핌도 별로 받지 않고 마녀를 물리치고 마을을 구하는 등 슈퍼 베이비로 행동한다. 아이 목숨이 내 목숨이고 아이는 내가 없으면 아무것도 못 한다는 엄마의 소유 강박을 한 번쯤 멈추게 만드는 영화다.

과거로 거슬러 올라가 볼까. 우리가 즐겨본 TV만화 〈달려라 하니〉의 엄마는 한복을 입고 머리를 틀어 올린 전형적인 한국 여인의 모습이었다. 하니에게 인자한 사랑을 주다 사망한 캐릭터로 나온다. 그런데 현재 TV에서 인기리에 방영 중인 애니메이션 엄마 캐릭터들은 대개 목청이 높고 자신의 감정을 감춤 없이 표현하는 인물로 묘사된다. 〈마음의 소리〉 조석 엄마가 아들의 귀를 힘껏 잡는 장면, 능글거리며 사고치는 문제적 남자를 주먹, 눈빛, 커다란 목청으로 제압하는 장면은 TV 밖 엄마들에게 카타르시스를 안겨준다. 엄마들은 어쩌면 아이와 남편의 뒤통수를 가격하고 싶은 욕구를 주부 생활 동안 수십 번 참았을 것이다.

며칠 전, 둘째 아들이 말했다.

"엄마, 우리한테 욕 하지마. 지옥 간대."

"미안. 엄마도 너희한테 좋게 말하고 싶은데 자꾸 욕이 나와."

"못 고치겠어?"

"응. 고치기 힘드네. 노력하고 있어. 너희들도 가끔 욕하는 거 엄마가 뭐라 안 하마. 사람이 살다 보면 그럴 수 있어."

둘째의 순진무구한 눈빛을 보면서 뜨끔했다. 질알노트를 진작 샀어야 하나보다 하고. 그로잉맘 이다랑 대표는 마음껏 지랄하고 싶은 엄마 감정을 노트에 옮겨보라고 질알노트를 제작판매한다. 현실 엄마의 지랄 맞은 감정 일부를 있는 그대로 반영한 결과들이 세상에 쏟아지고 있는 것이다.

***

〈아토믹 블론드〉는 지랄의 욕구를 주먹 파워로 끌어올린 화끈한 타입의 여자를 우리에게 소개한다. 주연을 맡은 샤를리즈 테론은 총과 무기를 든 남자들을 던지고 밟으며 직진한다.

〈아토믹 블론드〉의 연관검색어는 〈킬빌〉, 〈니키타〉, 〈루시〉

〈안나〉, 한국 영화 〈악녀〉, 〈마녀〉, 〈언니〉 등으로 가지를 뻗는데 남편, 자녀, 양가 부모님, 세상과 연결고리 없이 혈혈단신 내 주먹 파워로 존재하고 싶은 욕구를 가진 엄마라면 이 영화들을 통해 해소하면 좋을 것이다.

영화, 당신이 보고 싶은 영화가 당신의 내면을 말한다. 보고 나서 자꾸 리뷰하고 싶은 영화가 당신의 삶에 영향을 미친다. 나는 못 견디게 비통한 날 영화 〈세 가지색 : 블루〉를 떠올리며 '그래, 남편은 건강하고 소중한 아이도 살아있으며 남편은 아직 나의 뒤통수를 치지 않았어. 지금이 죽을 만큼 고통스러운 단계는 아니야. 그러니까 줄리엣 비노쉬처럼 커피에 아이스크림을 올려 먹으며 '우울을 씹어 먹어 버리자.'라고 자신에게 주문을 건다. 영화 속에서 만난 엄마, 영화 속에서 만난 여자 페르소나에서 위로와 공감, 해답, 해방의 메시지를 읽어낼 수 있길 바란다.

우리의 수다

ㄴ 미영   어떤 영화냐에 따라 위로를 받느냐 오히려 스트레스를 받느냐네.
　　　　 나는 영화를 많이 안 봤는데 여기 소개된 영화 한 번 챙겨봐야겠어.

ㄴ 지해   영화는 진미한테 추천 받아야겠어! 나는 액션과 멜로를 번갈아가며 봐.
　　　　 진미 말 듣고 보니 내 감정에 따라 당기는 영화가 다른 것 같다.

010

영화칼럼니스트가 되다

"엄마, 우리반 ○○말야, ○○이가 텔레비전에 나왔대. 나도 텔레비전에 나오고 싶어."

아들이 텔레비전에 나오고 싶어 한다.

"○○는 텔레비전에 어떻게 나왔는데?"

"부모님이랑 놀이공원에 갔다가 인터뷰한 게 뉴스에 나왔대. 나도 TV에 나오고 싶어."

아들의 간절한 소원이 몇 가지 있다. 유튜브 채널 만들기, 돈 잘 버는 유튜버 되기, 하루 종일 게임하기, 게임에 25,000원 이상 현질하기, 스마트폰 사기, 부자 되기···. 그중 TV에 나오고 싶은 소원은 엄마의 협조가 가능하다.

"엄마가 네 소원 들어줄 수 있어. 우리가 계속 영화 보고 있잖

아. 영화 본 이야기를 책으로 써서 세상에 내놓는 거야. 그럼 인터넷 검색해도 볼 수 있고 잘하면 유튜브에도 나올 수 있어."

"정말? 인터넷에 나와?"

"응."

"그럼 책 써."

"알았어. 쓸게. 잠깐, 이름은 뭐라고 할까? 책에 진짜 이름을 공개하면 앞으로 네가 학교생활 하면서 곤란한 일이 생길 수도 있으니까 이름을 바꾸자. 네 이름 뭘로 할까?"

"종식이."

"촌스러운데?"

"나는 멋진데?"

"알았어. 종식이로 할게. 오늘부터 쓴다아. 나중에 중학생 되고 고등학생 됐을 때 네 프라이버시 안 지켜줬다고 딴소리하기 없기야."

〈영화로 배우는 육아〉의 원고는 이렇게 시작됐다. 30여 꼭지를 1년 반에 걸쳐 완성해 출판사 투고를 시작했다. 하지만 투고의 길은 과거나 지금이나 긴 터널을 통과하듯 답답하고 지루해서 성격 급한 사람의 속을 뒤집는다. 딱 한 달 투고에 매달렸다가 방향을 틀어 칼럼 연재를 추진했다.

책은 신간 판매대를 떠나는 순간 잊힐 수 있지만, 칼럼은 발행할 때마다 주목받는 장점이 있다. 칼럼을 3년 연재하면 3년간 주목받을 수 있는 셈이다. 독자 댓글과 조회수를 통해 분 단위의 빠른 피드백도 얻을 수 있다. 나는 짧게 고민하는 편이다. 출판사의 답신에 울고 웃기를 포기하고 칼럼니스트의 길을 택했고 리드맘에 자기소개서, 칼럼 목차를 무작정 보내 '영화로 배우는 육아' 연재를 시작했다. 단행본으로 출간하려던 책을 칼럼으로 풀어내는 과정에서 잠시 주춤할 때마다 칼럼 연재를 부추기고 북돋아준 사람은 미영과 지해이다.

***

게임을 끝낸 첫째 아이가 간식을 먹으며 말한다.

"엄마, 나 보고 싶은 영화 생각해놨어. 미래 음식에 대한 영화인데 주인공이 코뿔소인가 하마인가 뭐라더라?"

"아, 옥자? 〈옥자〉 말하는구나."

이번에는 둘째가 치고 들어온다.

"엄마, 나도 보고 싶은 영화 생각해놨어. 내 인생 영화야."

"뭔데 인생 영화야?"

"어린이집에서 다섯 살 때 본 건데 인생 영화야. 근데 제목이 생각 안 나."

"엄마가 생각해볼게. 주토피아? 넛잡? 그린치? 마이펫의 이중

생활?"

"〈마이펫의 이중생활〉이야. 역시 우리 엄마는 영화를 잘 알아!"

어떤 부모는 사춘기 자녀와 캠핑을 즐긴다. 어떤 부모는 게임, 등산, 낚시를 하며 자녀와 소통하는 양육자로 살아간다. 우리집 아이들과 난 '영화'라는 코드가 맞았다. 마침 코로나 19가 지구촌을 덮쳐 실내생활 비중이 늘었고 게임기 앞, 핸드폰 앞, TV 앞에 앉은 아이들을 영화 화면으로 불러들이기 쉬웠다. 우리 세 모자에게는 새로운 목표도 생겼다. 두 아들의 영화감상문, 그리고 나의 영화감상문을 보태 한 권의 책을 펴내는 것이다.

"엄마, 책 팔리면 그 돈 나한테 주는 거지? 아싸! 행복해."

아들이 용돈에 눈이 멀었든, 감상문을 쓰다 지쳐 중간에 포기하든 결과는 상관없다. 초등학생 자녀의 엄마로서 성장기 아이들과 함께 경험하고 도전할 '꺼리'가 생긴다는 게 신난다.

우리의 수다

ㄴ 미영 　아이들과 이런 도전 좋다! 뭔가 계기를 만들어 주는
　　　　　게 중요한 거 같아.

ㄴ 지해 　종식이의 '아싸~!'소리가 여기까지 들리는 것 같네.
　　　　　남과 같은 걸 즐길 필요는 없지. 그걸 모르는 이들은
　　　　　늘 눈이 밖으로 밖으로 향해 있더라고.

011

동시의 발견

'시시클럽'은 시와 동시를 필사하는 모임이다. 마음에 드는 시를 찾아 혼자 낭송하는 취미를 갖고 있다가 시시클럽을 만들어 사람들과 동시를 필사한다. 필사는 필기구 준비보다 시간을 내겠다는 마음 준비가 중요하다. 글씨는 예쁘지 않아도 된다. 좋아하는 시를 한 글자 한 글자 옮기면서 잠시 머리를 비우는 시간을 가져보자. 줄 없는 노트에 필사하면 줄 간격을 마음대로 조절하고 여백에 그림도 그릴 수 있어 1석 2조이며 백지가 부담스러운 사람은 줄이 있는 노트로 바꿔 스트레스를 피해야 한다.

시는 알겠는데 왜 동시냐고 묻는 사람들이 있다. 왜 동시일까. 동시는 동요와 함께 발전한 운문 문학의 한 형태로 아동을 독자로 삼아 쓴 시이다. 그래서 읽을수록 마음의 짐이 가볍다. 동시는 어린이 독자를 생각하며 썼기에 덜 자란 내면, 아이의 속상하고 억울한 마음도 보드랍게 안아준다.

또한 운율과 재치가 살아있어 아이디어를 찾고 있을 때, 노래 대신 흥얼거리고 싶을 때, 짧지만 강렬한 위로를 얻고 싶을 때 일상에서 주어진 5분의 틈새를 활용해 소리 내 읽으면 유익하다.

대학교에서 시를 읽는 동안 동시는 관심 갖지 않았다. 엄마가 된 후 동요와 동시를 새로이 발견하고 헌책방에서 눈에 띄는 동시집을 하나씩 사 모았다. 처음 구입한 동시집이 분도출판사에서 펴낸 이해인의 '엄마와 분꽃'이다. 1980년대생이라면 초등학교 국어 교과서에 실린 이해인 시인의 '별을 보며'(고개가 아프도록/ 별을 올려다본 날은/ 꿈에도 별을 봅니다.(하략))를 기억할 것이다.

동시는 우리 삶과 아주 가까운 곳에서 호흡하고 있다. '나의 살던 고향은 꽃피는 산골'과 '나무야 나무야 겨울 나무야'는 이원수 시인이 쓴 동요이고 '따르릉 따르릉 비켜나세요'(목일신), '코끼리 아저씨는 코가 손이래'(강소천), '깊은 산속 옹달샘 누가 와서 먹나요'(윤석중) 등 한국인에게 잘 알려진 동요는 동시 작가들의 손끝에서 탄생한 운문 문학이다. 노래가 시이고 시가 노래이다. 유튜브를 통해 아이에게 동요를 맛 보여주거나 아이와 함께 동요 부르는 시간을 자주 갖는 엄마라면 동시의 세계로 무리 없이 이동할 수 있다.

***

시 필사는 글씨 옮기기에서 그치지 않는다. 필사하면서 들었던 느낌과 단상을 함께 적는 것이 좋다. 자신의 마음이 왜 이 동시에 끌렸는지 이성적으로 설명하게 되는 순간이다.

호주머니

넣을 것 없어
걱정이던
호주머니는,

겨울만 되면
주먹 두 개 갑북갑북

윤동주 시인의 '호주머니'는 아끼는 동시 중 하나다. 어린 시절, 우리 집은 주머니에 넣을 것 많지 않은 형편이었다. 겨울이면 주머니에 귤 한 알을 넣어두고 일주일에 한 번 찾아오는 방문학습지 선생님께 선물처럼 내밀었다. 방문학습지 선생님은 고급

롤케이크도 아닌 싸구려 귤을 받는 일이 고역이었을 테지만 나는 좋아하는 선생님에게 줄 것이 있어 행복했다. 넣을 것이 전혀 없다면 곧 뜨끈해질 주먹이라도 집어넣을 수 있다는 겨울 호주머니의 희망. 윤동주 시인의 '호주머니'는 주먹이 갑북대는 추운 겨울을 희망으로 바꿔 노래하며 우리에게 정신적 풍요를 제시한다. 나는 이 시를 읽을 때마다 가난했던 어린 시절을 데우는 따스함을 선물 받는다.

동시는 순간의 집중력을 요구한다. 영화는 최소 100분 이상의 인내심과 긴 호흡을 필요로 한다. 그래서 둘은 함께 있어야 한다. 동시의 짧은 호흡과 영화의 긴 호흡을 가까이 두고 번갈아 이용하면 일상의 스트레스를 해소하고 삶의 예술 밸런스를 유지하기 쉽다. 나를 위한 동시, 나를 위한 영화를 찾아 손품 발품을 팔아보자.

우리의 수다

ㄴ 미영　동시의 매력을 몰랐는데, 이 글을 읽고 나니 동시의 매력이 느껴지네. 나도 동시 한 편 찾아 읽어볼까 봐.

ㄴ 지해　내가 좋아하는 그림책과 시, 동시 모두 닮은 구석이 많은 친구들이지.
시시클럽!! 이름도 센스만점이야~

012

마흔 너머의 미래

"우리 집이 한의원 뒤야."

"우리 집은 요 앞이야. 한의원 개원했을 때부터 다녔지. 내가 노인복지관 사람들한테 여기 한의원을 많이 소개해줬다고."

치료실 베드에 누운 노인들은 한의원과 자신의 물리적, 심리적 거리를 증명하기 위해 노력한다. 65세 이상 노인들의 영혼에 참새 방앗간처럼 자리 잡은 한의원과 나의 재직 증명서에서 현근무처로 표기된 한의원은 같은 위치다. 아픈 사람들이 모이는 곳, 때때로 막무가내 컴플레인이 발생하는 곳. 다리가 띵띵 붓도록 바쁜 날은 환자들을 살갑게 대할 수 없다는 단점도 있지만 한의원이라는 공간에 있으면 설명하기 묘한 힐링을 느낀다.

1991년, 영화 〈스무 살까지만 살고 싶어요〉가 개봉했다. 초등학생이던 나에게 스무 살이라는 나이는 늦게 느껴졌다. 중학생 때 《서른, 잔치는 끝났다》라는 최영미 시인의 시집이 출간됐고 역시나 서른 살은 무척 늦은 때라고 판단해 서른 잔치 같은 걸 왜 하나 의문을 품었다.

고등학생이 된 어느 날, 국어 선생님이 말씀하셨다.

"너희들 박완서 작가 알지? 박완서 작가는 마흔이라는 늦은 나이에 한국 문단에 등단해서 빛을 내고 계셔."

마흔? 마흔 살이라고? 여고생은 마흔 살이란 나이를 결코 체감할 수 없다. 마흔 살은 절대 오지 않을 것이고 만약 마흔 살이라면 모든 걸 내려놓고 뒷방 노인네처럼 조용히 지내야 한다고 비웃었다. 그런데 세월이 흘러 현실의 나는 마흔세 살이고 마흔에 등단해 한국 문단에 크고 굵직한 업적을 남긴 박완서 작가는 이미 세상을 떠났다. 세월은 어쩜 이렇게 빠르게 흐르는 것일까. 나이 많은 사람들이 들려주는 충고에 최대한 귀를 기울이지만, 철이 들기 전에는 이해할 수 없는 것 투성이시 이시 언제나 뒤늦게 깨달음의 북을 친다.

한의원에 있으면 연로한 사람을 많이 만난다. 95세라는 나이가 믿기지 않을 만큼 쌩쌩한 목소리와 걸음걸이, 젊은 감각을 유지하는 할머니가 있다. 오십 대의 열정을 가진 칠십 대가 있고 구십 대 같은 연로함을 품은 육십 대 노인이 있다. 자주 오던 환자가 노인요양병원에 입원했다는 소리까지 들을 때면 어떻게 늙어갈지를, 어떻게 익어 가야 할지를 고민하게 된다.

얼마 전 관람한 영화 〈죽여주는 여자〉는 65세 박카스 할머니의 삶을 조명한다. 영화 속에서 소영 역을 맡은 윤여정 배우의 연기에 매료되었다. 〈아이 캔 스피크〉의 나문희 배우, 〈시〉의 윤정희 배우도 인상 깊었지만 〈죽여주는 여자〉의 윤여정처럼 새초롬하고 섹시한, 책임감 강하고 줏대 있는 할머니로 익어가겠노라 마음먹는다.

하지만 매일 영화의 바다에 빠져 허우적대지는 않는다. 낮 1시면 노트북에서 플레이 중인 영화를 중지하고 일상으로 뛰쳐나온다. 출근 시간이 임박했기 때문이다.

종일 영화 보고 시만 읽는 삶은 베짱이와 같다. 본인이 그토록 사랑한 악기를 연주하다가 추운 겨울날 얼어 죽은 배짱이 이야기는 더운 여름날 떠올려도 가슴 시리다. 하고 싶은 일을 십 년 이상 유지하면서 한 우물을 파면 장인이 된다는데 과연 꿈을 준비하는 모든 자에게 달콤한 미래를 보장하는 사회인가.

주변에서 베짱이마냥 얼어 죽은 사례를 왕왕 보았다. 이야기 속 베짱이가 미혼이었다면 우리는 결혼했고 책임져야할 아이가 있으며 제 밥은 스스로 벌어먹어야 하기에 하고 싶은 일만 쫓는 무모함에 주기적으로 브레이크를 걸어야 한다.

7년 전, 육아 우울증을 극복하려고 정신건강의학과 간판을 좇다가 의사라는 직업을 동경하게 되었다. 의사가 될 수 없다면 간호사, 간호사가 될 수 없다면 간호조무사가 되어 아픈 사람들과 한 공간에 머물고 싶어졌다.

"안녕하세요. 어디가 제일 불편하세요?"
"안녕하세요, 오늘은 좀 괜찮으세요?"
타인의 상처에 대해 질문할 수 있는 오늘에 감사한다. 한결 여유롭게 풀린 근육을 주무르며 치료실을 빠져나가는 환자의 뒷모습을 통해 어머니 자궁에 던져진 듯한 힐링도 느낀다. 이 우주에 아프지 않은 영혼은 없다. 나는 영화와 시를 사랑하면서 한의원이란 공간을 아낀다. 한의원에서 보고 듣고 경험한 것들이 마흔 너머의 삶을 영위하는 데 태산 같은 도움이 되리란 건 두 번 말하면 잔소리다.

우리의 수다

└ 미영 나도 막연하게 느껴졌던 마흔이 지금이라는 게 실감이 안나.
이 글을 읽으니 진미의 미래가 더 궁금해진다~!

└ 지혜 하고 싶은 것과 해야 할 일 사이에서 적당한 거리를 유지하는 것, 중요한 거 같아!
진미의 마흔 너머의 삶을 응원해!!

Part 2

미영,
아메리카노 한 잔!

blog

brunch

"날씨도 좋은데, 줍깅 갈까?"

"엄마 좋아요! 어디로 가요?"

"오늘은 가까운 공원으로 가자. 쓰레기가 많더라고. 가서 다 주워오자!"

엄마가 쓰레기에 관심이 많다 보니 아이들의 관심사도 비슷하다. 산책 갈 때 여러 번 사용해서 지저분해진 비닐봉지와 집게를 챙긴다. 가벼운 마음으로 출발해서 무거운 손으로 돌아온다. 생각보다 많은 쓰레기. 아이들과 매번 놀란다. 마음은 무겁지만, 쓰레기를 줍고 나면 뿌듯하다.

집에 오면 깨끗하게 씻고, 저녁 식사를 준비한다. 냉장고 파먹기, 냉장고 안에 있는 재료만으로 만드는 저녁이다. 냉장고 안은 생각보다 음식 재료들이 가득하다. 채소 자투리가 많다면 카레나 짜장, 볶음밥으로 변신! 해산물이나 고기가 있다면 더 영양 가득한 요리를 만든다. 반찬이 없어도 일품요리만으로 뚝딱!

오늘 저녁은 자투리 당근, 양파, 감자가 있으니 카레라이스 당첨! 감자대신 고구마를 넣어도 맛있다. 닭가슴살이나 돼지고기가 없더라도 OK! 고기대신 후랑크 햄, 초록초록한 완두콩도 좋아. 가끔은 깍둑썰기 말고 채썰기로 분위기를 바꾸면 색다른 요리로 변신.

최미영 공간메이커

비우는 것에 진심, 쓰레기에 관심, 요리하기에 자부심이 있으며, 이를 함께하기를 열심으로 권한다. 버리는 것, 과하게 소비하는 것에 왠지 모를 불편함이 들어 가능한 쓰레기를 줄여보려 노력하고 있다. 생활이 약간 불편해졌지만, 지구가 편해진다면 제로웨이스트 라이프를 지속적으로 실천해 볼 생각이다. 글을 쓰고 일상을 기록하는 것도 좋아한다. 다른 것은 다 비워도 마음은 듬뿍 채워두고 싶다. #두딸엄마 #집밥 #1일1비움 #줍깅 #글쓰기는나의힘

001

맥시멀리스트였던
여자

비즈 공예, 와이어 공예, 리본 공예, 한지 공예, 비즈스티치 공예, 양초 공예, 비누 공예, 스탬프아트 공예, 스크랩북킹, 캘리그라피, 미니어처, 그림 그리기, 미싱 등 지금까지 내가 해본 취미다. 수많은 공예를 취미로 하니, 재료들이 집에 가득했다. 재료를 구입하러 남대문시장, 동대문종합시장, 방산시장은 물론이고 양재동 꽃시장, 고속버스터미널 꽃시장까지 안 가본 시장이 없을 정도였다.

중학교 때 하드보드지를 잘라 스티커와 종이로 장식하고 아스테이지를 붙여서 가방과 필통을 만들었다. 하드보드지와 아스테이지가 집안 가득이었다. 뭔가를 배우고 있을 때는 그와 관련된 재료들이 집을 채웠다. 동생도 비슷한 취미를 갖고 있어서, 둘이 모아둔 재료가 방 하나에 가득했다.

호기심 덕에 새로운 공예가 나오면 무조건 배웠다. 그 덕에 공예 자격증만 7개다. 자격증을 취득한 후에 학교 CA, 방과 후 강사, 문화센터 수업을 해서 재료는 더 늘어났다.

공부할 때도 마찬가지다. 전공은 수학이었는데 일본학과 수업을 들었다. 언어 자체의 호기심이었다. 일회성 수강이 아니었다. 부전공으로 일본학을 선택했다. 타과생이 그것도 이과생이 일본학 수업을 수강하니 교수님이 "자네는 왜 여기에 왔는가?"라고 물을 정도였다. "저는 일본어가 좋아서 왔습니다."라는 말에 그냥 웃고 마신 교수님이 생각난다. 이과 학생이 문과 전공을 선택하는 경우는 드물기에 그랬던 거 같다.

호기심은 여기에 그치지 않았다. 요리와 음식에도 관심이 많았다. 인터넷 검색 중에 '푸드스타일리스트'라는 직업을 알게 되었다. 하고 싶은 마음에 학원가를 기웃거려 봤다. 당시 한 달 강의료가 내 5개월치 아르바이트 수입과 맞먹었다.

MBC '러브하우스'라는 프로그램을 즐겨보던 때에는 인테리어에 꽂혔다. 대학 3학년, 수학전공 외에 부전공은 일본학, 대학원 진학을 위한 인테리어 학원까지 다녔다.

'실내 설계' 전공으로 대학원에 진학한 후에는 모델하우스 디스플레이 디자인 일을 했다. 모델하우스에 꽃꽂이도 하고, 가구제작, 커튼제작, 소품배치 등을 했다. 손으로 하는 일이라 더 재미있었다. 일을 다니면서 예쁜 물건들을 많이 보게 되었고, 조금씩 사 모으기 시작했다.

관심사가 바뀌면 내 주변에는 새로운 물건들이 늘어갔다. 핸드메이드 쇼핑몰을 오픈했을 때 최고조였다. 판매하는 물건들을 집에서 보관했는데, 다행히 독립하는 바람에 여유 공간이 있었다. 하지만 판매가 부진해 택배 하루 한 건도 어려웠다. 어떻게 제품을 알려야 하는지는 고민하지 않고 제품만 만들어 두었다. 오픈 마켓과 디자인 쇼핑몰에도 입점하면서 제품이 조금씩 팔리기 시작했다.

재료 구매를 핑계로 동생과 중국에도 다녀왔다. 해외 출장이라 설렜지만 계획 없이 가서 저렴한 물건을 사는 데에만 급급했다. 이후 의상디자이너였던 동생과 패밀리룩을 제작했지만 그역시 결과는 신통치 못했다. 구매하는 사람들의 성향을 고려하지 못했다. 아이에게 어떤 옷이 편한지, 어떤 패밀리룩을 좋아하는지를 고민하지 않았다. 예쁘고, 무난한 디자인으로 만들었던 것이 실수였다.

쇼핑몰이 제대로 운영되지 않으니 집에 물건이 산이었다. 핸드메이드 쇼핑몰이라 재료가 한꺼번에 소진되지도 않았다. 수업을 나가니 재료들도 만만치 않게 쌓였다. 계속 신제품을 만드니 재료는 줄어들지 않았다. 게다가 아이디어와 공부를 위한 책도 샀다. 책만 벽면 한가득이었다.

신혼집에 2.5t 트럭 가득 짐을 실어 왔다. 짐은 방 하나를 채웠다. 출산 직전까지 강의를 나가도 줄지 않았다. 오히려 출산 후 블로그 리뷰 활동을 시작하면서 물건이 늘었다. 택배가 쌓이면 쌓일수록 기분은 좋았다. 내가 인정받는 느낌이고, 공짜 물건을 선물 받는 거 같았다.

점점 공예와 리뷰 물건뿐 아니라 아이 용품까지 늘어갔다. 아이는 짐이 쌓인 방을 신기해했다. 위태위태하게 쌓인 짐들이 위험해 아이가 그 방에 들어가면 괜히 화를 냈다. 점점 고민이 늘어갔다.

둘째의 임신 소식을 알게 된 후 쇼핑몰을 접었다. 쇼핑몰을 운영할 수 있을 거라는 환상이 첫째를 낳고 깨졌기 때문이다. 육아와 쇼핑몰 운영을 동시에 하기에는 어려움이 있었다. 재료는 제품이 아니고 짐이 되었다. 이것을 어떻게 처분해야 할지 막막했다. 버릴 수도 없었고, 그냥 누군가에게 쿨하게 주려 해도 본전 생각이 나서 힘들었다.

002

나는 이과생입니다

나는 이과생이다.

글쓰기, 일기 쓰기를 싫어했다. 어릴 때 엄마가 큰맘 먹고 전집을 구매해줬는데, 한 권도 읽지 않았다. 문과 과목들은 전부 관심 밖이었다. 수학을 좋아했다. 학교 다니는 내내 수학을 향한 외사랑은 대학 입학 후에도 마찬가지였다. 가끔 도서관에서 소설책을 보긴 했지만, 여전히 책은 나와 거리가 멀었다. 그러던 내가 글을 쓰고 책을 써서 작가가 되었다. 책을 멀리하던 이과생이 어떻게 책을 좋아하게 되었고, 5년 만에 천 권의 책을 읽고 작가가 되었을까.

다들 싸이월드를 열심히 하던 때 지인을 통해 블로그를 알게 되었다. 호기심 반 궁금증 반으로 블로그를 시작했다. 처음에는 일기만 쓰다가 체험단을 시작하면서 열심히 했다.

체험단을 하려면 신청 글을 써야 했다. 글쓰기를 싫어해서 그런지 어려웠다. 당첨이 잘 되는 사람들을 찾아서 글을 분석했다. 그리고 그 사람의 블로그에 방문해서 체험 리뷰를 살펴보았다. 당첨되는 이유와 리뷰 쓰는 법을 벤치마킹해 봤다. 당첨을 위해 수십 번 글을 쓰고 지우며 신청했다.

처음이 어려웠지 당첨되기 시작하자 신청 글을 쓰는 것에 요령이 생겼다. 체험단을 해보니 장기간 활동하는 서포터즈가 되고 싶었다. 그리고 서포터즈 활동을 하니 원고료를 받으며 글을 쓰는 기자단이 되고 싶었다. 서포터즈는 경쟁률이 치열해서 더 괜찮을 글을 요구했다. 기자단 역시 마찬가지. 또 다른 사람들이 한 것을 살펴보고, 연구하기 시작했다.

우연히 서평단을 알게 되었다. 처음에는 서평 500자를 채우는 게 어려워 글자 수를 세어가며 글을 썼다. 쓰다 보니 재미있었다. 계속 쓰고 싶다, 더 잘 쓰고 싶다는 욕심이 생겼다.

처음에는 요리책과 아이 책의 서평을 썼다. 지혜와의 인연도 아이 책의 출판사 서포터즈로 시작되었다. 어떻게 써야 할지도 몰라서 다른 사람들이 쓴 서평을 보고 따라 해봤다. '서평 잘 쓰는 법'에 관한 수업을 듣기도 했다. 서평 덕분에 책을 읽는 것이 습관이 되었다. 2015년까지는 1년에 100여 권의 책을 읽고 서평을 썼다. 2016년부터는 1년에 200권 이상의 책을 읽었다. 어떤 날은 하루에 한 권씩 책을 읽기도 했다. 2020년에는 338권이라는 기록을 세웠다. 2013년부터 현재까지 기록된 것이 1,700권 정도다.

몇 해 전에 엄마들끼리 소통하는 카페 모임에 나갔다.

"만약 책을 쓴다면, 전 뭐가 좋을까요?"
"블로그 체험을 많이 했으니 그것과 관련된 책을 써 봐요. 정보도 많고, 체험에 관한 노하우도 많지 않나요?"
"그런가요, 전 파워블로거도 아니고, 체험 제품도 소소한 것들이라. 게다가 제가 알고 있는 건 특별할 게 없어서….'
"그런 거 궁금해하는 사람 많으니 한번 써 봐요."

편하게 이야기를 나누었다고 생각했는데, 답답함이 느껴졌다. 모임 이후에 '내가 책을 쓰면 어떤 책이 좋을까?' 곰곰이 생각해 봤다. 이야기를 나눈 내용으로 책을 쓰기엔 자신이 없었다. 생각이 복잡할 때는 청소가 답이라며, 청소를 시작했다. 갑자기 버리지 못하고 있던 물건들이 짐짝 같았다. 불편했다. 한때는 쇼핑몰과 수업을 위해 산, 자식 같은 물건을 버릴 수 없다고 생각했다.

하지만 물건이 다르게 보이기 시작했다. 불현듯 신랑이 한 말이 떠올랐다. "집도 치우고, 물건도 좀 정리하자." 조금씩 집을 비워 갔다.

그 찰나에 책 쓰기 수업을 듣게 되었다. 내가 관심을 가지던 '비우는 것'을 책으로 쓰기로 했다. 덕분에 더 비워내고 나를 찾는 시간을 가질 수 있었다. 처음에 책을 쓰려 했을 때는 가능할까 하는 생각이 컸다. 하지만 비워가며 느꼈던 감정을 기록한다고 생각하니 어렵지 않았다.

내 이야기를 글로 남기니 재미있었다. 아마도 블로그에 글을 남기고, 서평을 한 편씩 쓰면서 느끼고 생각한 것을 글로 표현하는 재미를 붙인 것 같았다. 이것이 바로 이과생인 내가 작가가 된 이유다.

요즘은 매일 글을 써야 할 정도로 글쓰기에 빠져있다. 블로그든 브런치든 아니면 일기든 꼭 기록한다. 책 읽기를 지속하니 읽고 쓰는 삶을 살고 있다.

우리의 수다

ㄴ 진미 나는 문과생이지만 책은 잘 안 봐. 책보다 잡지를 많이 읽는 편이야.

ㄴ 지해 책 읽는 권수 못 따라잡겠네. 대단해!
한 권 한 권이 쌓여 지금의 미영이 존재한다는 것!!

003

기획의 재미, 공저
3권째!

　　같이 책을 쓴다는 것은 같은 관심사를 가진 사람들의 글쓰기 모임이다. '공저'는 나 혼자만의 기획으로 이루어지지 않는다. 물론 첫 기획의 틀은 내가 잡았지만, 그 나머지 일정은 모두 함께 간다. 각자의 색깔을 잘 버무려서, 글을 쓰는 것은 공저자 각자의 몫이다. 나는 앞에 서서 페이스 메이커로서의 역할만 하면 된다.

　　내가 기획했던 책을 소개해 보려 한다.

첫 번째 공저 《보통사람들》

　　방송국 기자단으로 활동했던 기자 중 한 분이 밴드를 만들었다. '책을 내고 만다, 6개월 후에!'라는 의미로 이름하여 '육책만!' 그리고 4명의 멤버를 초대했다.

육책만 밴드가 결성되었지만 한동안 일이 진행되지는 못했다. 5명 중에서 책을 내본 사람은 나뿐이었다. 밴드에는 소소한 일상 이야기만 올라왔다. 그냥 있지 못하는 성격의 나는 밴드 개설자에게 발동을 걸었다.

"기자님, 육책만이라는 밴드를 개설했는데, 무라도 썰어봐야 하지 않을까요?"

"최 기자님이 총대 메고 진행해주시면 전 따라갈게요."

"그럼 우리 한 번 모여서 이야기 나눠봐요."

얼마 후 5명이 모였다. 같이 책을 쓰기로 하신 분들과 이야기를 나누면서 전체적인 맥락을 잡았다. 사람이라는 주제로 목차와 형태가 잡혔다. 정이 많은 사람, 열정이 많은 사람, 진지한 사람, 인간관계가 많은 사람, 성장하는 사람. 사는 곳이 다 달라서 한 번 모이려면 시간을 많이 투자해야 했다. 그 대신 한 번 모이면 진지하게 책 쓰기에 집중했다.

한 명이 늦게 합류하기도 하고, 글이 써지지 않아 책 쓰기에서 빠지겠다고 하는 고비도 있었다. 하지만 모이지 못하더라도 밴드를 통해 소통을 하면서 책으로 한 걸음씩 다가갔다. 그리고 이름처럼 6개월 만에 출판사 계약을 했고, 수많은 피드백 끝에 육책만의 책이 나올 수 있었다.

두 번째 공저, 《육아 품앗이해 볼래?》

첫 번째 공저를 진행하던 중 우연히 도서관에서 진미 씨를 만났다. 진미 씨는 육아품앗이를 함께 하고 있는 사이였다.

"요즘 어떻게 지내요, 미영 씨?"

"잘 지내고 있지요. 같이 활동하는 기자단분들이랑 공저로 책을 쓰고 있어요."

"아, 그래요? 그렇담 우리도 같이 책 써보는 거 어때요? 그분들하고만 쓰지 말고 지해 씨랑, 나랑, 미영 씨 셋이 쓰면 딱인데. 우리도 같이 써요!"

"그럴까요? 우리 셋이 써도 재미있겠네요."

"같이 품앗이도 하고 있고, 자기계발도 하는 우리 이야기를 쓰면 재미있을 거 같아요."

"그럼, 어떻게 쓸지 생각해볼게요."

이런저런 이야기를 나누다가 헤어져서 집에 돌아왔는데, "우리도 같이 써요!"라는 말이 귀에 맴돌았다. 그날 저녁 진미, 지해, 내가 쓸 수 있는 책의 목차가 마법처럼 써졌다.

육아 품앗이를 하는 엄마들의 이야기였다. 이미 한 번씩 출간해봐서 목차를 보고 다양한 아이디어를 공유하며 글을 썼다. 투고 후 출판사와 계약이 이루어질 뻔하다가 미끄러졌다. 그 후 육아 품앗이 내용에 집중해서 진행하면 좋을 거 같다는 출판사와 계약했다. 코로나로 품앗이 활동은 어려웠지만, 책을 쓰면서 품앗이 활동에 동기부여가 되었다. 그 바람에 온라인으로 진행하는 품앗이 활동까지 알차게 책에 담을 수 있었다.

세 번째 공저, 《엄마 수다 사용 설명서》

우리의 자기계발 이야기를 공저로 남기자고 다시 마음먹고 원고를 쓰기 시작했다. 생각보다 출판업계의 사정이 좋지 않아 원고 투고도 쉽지 않았다. 힘든 시간을 거쳐서 쓰는 책이기에 마음이 더 가고, 신경이 쓰였다. 하지만 이도 우리가 성장하는 과정이라 생각하고 수정해 나갔다. 수없이 회의하고 고민하면서 결국 출판사와 계약했다. 우여곡절이 많았지만 지해와 진미의 도움과 격려가 큰 힘이 되었다. 또 그만큼 애정이 가는 책이기도 하다.

세 번째 책까지 내고 보니 요즘 들어서 자주 하는 생각은 '나는 진정 기획자의 기질이 있나' 하는 생각이 든다. 떠오르는 아이디어가 있으면 기획서 단계로 넘어간다. 그리고 목차를 만들고, 글을 끌어간다. 불현듯 끓어오르는 아이디어들이 점점 더 많아진다. 이 역시 책을 읽으면서 다양한 지식들이 잘 융합된 덕분이 아닌가 싶다. 독서는 글쓰기에서 떼려야 뗄 수가 없는 존재다.

머릿속에는 또 다른 공저의 아이디어가 샘솟는다. 첫 번째 책을 함께 썼던 작가들과 새로운 책을 기획하자는 이야기가 나왔다. 주변에 책을 쓰고 싶어 하는 분들과 연계해서 책을 내볼 생각도 있다. 그리고 내 블로그를 통해 온라인 글쓰기를 진행할 계획도 있다.

책을 쓰고 싶은 사람이 있다면, 기꺼이 책 쓰기의 즐거움을 함께하는 동반자가 되어주겠다. 고민 중이라면 과감하게 나에게 노크를 해 달라. 출판 기획자로의 나의 부캐는 계속될 테니까.

우리의 수다

└ 진미　기획자로서 자질 있어. 옆에서 몇 년간 지켜보고 하는 말인데 확실한 자질임.

└ 지해　미영 없었음 우리 책은 산으로 갔을 거야. 머릿속에 있는 것들 어여 꺼내보아!

004

환경을 이야기합니다

첫 번째 책 《비우니 좋다》를 쓰고, 어떻게 하면 미니멀하게 살 수 있을까를 고민했다. 물건을 줄이고, 비워냈다. 버려지는 쓰레기가 많아지자 줄이는 것에 관심을 가졌다. 미세먼지가 가득한 하늘, 마음대로 먹을 수 없는 음식, 자유롭지 못한 외출. 불편한 것들을 아이들에게 물려줄 생각을 하니 마음이 아팠다. 자유롭게 뛰어놀았고, 수돗물을 틀어 목마름을 대신했고, 마스크는 커녕 맑은 하늘을 항상 누릴 수 있었던 나의 어린 시절과는 다른 현재의 모습이 내 책임, 우리의 책임이라는 생각이 들었다.

많은 사람이 고민하고 실천하고 환경에 대해 행동할 수 있길 바란다. 그 바람이 이루어지기 위해 내가 활동하는 곳에서, 내가 잘할 수 있는 방법으로 노력 중이다. 바로 환경에 관련된 글을 쓰는 것!

환경부 기자단

환경에 깊은 관심을 갖고 나서 환경부 기자가 되고 싶었다. 환경에 관련된 글을 충분히 쓸 수 있는 기회를 가질 수 있을 것 같았다. 막상 환경부 기자가 되고 나니 내가 생각했던 것만큼 환경에 관련된 글을 게재할 기회가 생기지 않았다. 심포지엄이나 세미나에 참여할 기회가 있었지만 아이 둘을 키우는 엄마에게 전국구에서 진행하는 행사는 참여하기 어려웠다. 핑계일지는 모르겠지만 생각했던 것만큼 다양한 활동은 하지 못한 채 환경부 기자단 활동이 마무리되었다. 대신 환경부 정책이나 다양한 세미나에 대한 정보를 알게 되었다.

EBS 스토리 기자단

방송국 기자단으로 활동하면서 환경에 관련된 글을 쓰고 싶었다. 환경 관련 다큐멘터리도 많이 제작되는 곳이기에 기대감을 갖고 시작했다. 발대식에서 '인류세'라는 프로그램을 만든 PD님과 만날 기회를 얻었고, 각종 기획기사를 통해 환경에 관련된 글을 쓸 수 있었다. '바다식목일', '지구의 날'등의 특별한 기념일에는 잊지 않고 기획기사를 작성해 많은 사람에게 환경의 소중함을 잊지 않도록 했다.

광주비전 시민기자

광주비전이라는 시정소식지가 매달 발행되는데, 연간 8~10개 정도의 기사를 기고하고 있다. 글의 주제는 항상 환경이다. 시에서 중점적으로 다루는 각종 환경 관련 내용을 글로 쓴다. 시민들이 이해하기 쉽게, 실천하기 쉽게 쓰는 것이 내 목표다. 쓰레기 분리수거장인 클린하우스의 개소 소식, 환경을 위한 다슬기 방류 소식, 미세먼지 신호등이 설치된 소식, 로컬 푸드에 관련된 소식까지. 시민들이 놓치는 환경관련 이야기들을 내 기사에 담고 있다. 이는 사람들이 조금 더 환경에 관심을 가졌으면 하는 마음에서 열심히 쓴다.

블로그와 브런치

블로그에 글을 남긴 지는 10년이 넘었다. 환경에 관련된 글을 제대로 남겨보고자 카테고리를 정리했다. 물건을 비우고, 나누고, 환경에 관련된 이야기를 담고 있다. 브런치에도 음식물 쓰레기를 줄일 수 있기를 바라며 집밥에 관한 이야기를 쓴다. 많은 사람이 환경에 대한 관심을 놓지 않았으면 하는 마음에서 쓰고 있다.

다양한 매체에 환경 관련 글을 기고한다. 활동하는 곳이 많은 것 같지만 주제는 한 가지이다. 내가 하는 것, 내가 생각하는 것을 글로 풀어낸다. 이와 관련된 글을 쓸 수 있는 곳이라면 언제든 환영이다. 신문 칼럼, 잡지 칼럼, 메일링 서비스 등 앞으로 환경에 관련된 이야기를 확대할 것이다. 기존에 알고 있는 이야기라도 어떤 곳에서 어떻게 만나느냐에 따라 다르게 느껴질 수 있기 때문이다. 그래서 반복되는 내용을 쓰더라도 지속적으로 실천할 수 있도록 쓴다.

글을 쓰는 것 외에도 사람을 만나면 환경 이야기를 나눈다. 엄마를 만나면 비닐 사용을 줄이도록 유도하고, 일회용품 사용을 막는다. 육아품앗이에서도 다회용품에 도시락을 싸오도록 한다. 그 외 개인물통이나 개인컵을 준비해서 종이컵 사용을 최대한 줄이고, 일회용품을 사용하지 않는다. 진미, 지해와의 만남에서도 텀블러는 필수다.

앞으로는 블로그에서 환경 관련 첼린지로 사람들의 관심을 늘려보고자 한다. 더 많은 지식을 쌓고 연대하기 위해 관련 세미나를 들으며 정보를 축적하고 있고, 알게 된 정보는 블로그를 통해 전하고 있다.

우리의 수다

ㄴ 진미   우리 한의원에는 일회용 커피컵 넘쳐난다.

ㄴ 지해   나도 미영 덕분에 더 찐하게 환경 사랑에 가까워지고
있지~

005

1일 1비움

우리는 생각보다 많은 물건을 가지고 있다. 그런데 사용하는 물건은 몇 개 안 된다. 왜 이렇게 많은 물건을 소유하려고 할까? 하루에 한 개씩 물건을 비워보자. 사소한 물건부터 부피가 큰 물건까지. 1일 1비움은 나에게 정말 필요한 물건을 찾기 위해 필요하다.

현재 우리에게 집은 그 이상의 가치를 가지게 되었다. 사무실이 되기도 하고, 교실이 되기도 하며 안락하게 쉴 휴식처가 되기도 한다. 다양한 기능을 가지게 된 집이 필요 없는 물건으로 가득 쌓여있으면 그 기능을 제대로 발휘할 수 없다. 정말 필요한 물건만 있어야 한다.

1일 1비움은 간단하다

하루에 하나의 물건을 비워내는 것이다. 처음에는 뭘 비워내야 할까 고민하게 되지만 막상 시작하면 비워낼 물건이 가득하다. 내가 자주 사용하는 곳부터 시작하면 어렵지 않다. 나 같은 경우는 주방에서 시작해본다. 조리도구 중에서 자주 사용하지 않는 것들을 골라낸다. 혹시 선택이 어렵다면 보류 바구니를 만들어서 그 안에 넣어두자. 시간이 지나도 찾지 않게 되면 비워도 좋다. 마음의 부담감 없이 간단하게 시작해보자.

1일 1비움은 즐겁다

첫걸음만 떼면 1일 1비움은 즐겁다. 매일 두근두근한 마음으로 하게 된다. 점점 비워진 공간을 바라보면 즐겁다. 어떻게 하면 더 많은 물건을 비워낼까 고민하게 된다. 깔끔하게 정리된 호텔 방을 생각하면 기분이 좋아지듯이 우리 집도 그렇게 만들어 보는 거다.

1일 1비움은 쉽다

정리 정돈을 할 때처럼 많은 시간이 필요 없다. 적은 시간으로 큰 효과를 볼 수 있다. 하루에 한 개만 비우면 끝. 1분, 그보다 적은 시간이 걸릴 수도 있다. 고민이 많아지는 물건이라면 하루를 보내보자. 또 다른 눈으로 바라볼 수 있을 것이다. 직감적으로 아니다 싶은 물건부터 시작하자. 처음에는 빈 용기나 방치된 물건부터 시작하면 쉽다.

1일 1비움은 경제적이다

1일 1비움을 시작하면 내가 가진 물건을 다시 바라볼 수 있다. 어떤 물건을 많이 샀는지, 어떤 물건이 부족한지를 파악할 수 있기에 재고정리가 가능하다. 없는 물건은 더 사면되고, 있는 물건은 사지 않아도 되니 과소비를 하거나 충동구매를 하지 않고 물건이 관리된다.

1일 1비움을 통해서 많은 물건을 비워냈다. 비워낸 만큼 넓어진 공간을 사용하니 콧노래가 절로 나온다. 내가 비워내면 자연스럽게 가족들도 비워내는 기분 좋은 선순환이 생기니 이 역시 즐겁다.

우리의 수다

└ 진미   나는 소소한 선물 받는 게 고역이야. 딱히 쓰임새 없는 물건을 선물로 주는 경우가 많잖아.

└ 지해   나도 천연세제 써보았는데 생각보다 거품도 잘나고 깨끗하게 닦이더라.
사실 내가 원하지 않아도 생기는 물건들이, 쓰레기들이 참 많아.

+ 이제는 사용하지 않는 물건

일회용품

편리하기로 따지면 일등이다. 휴대하기도 좋고, 가볍고, 가격도 저렴하다. 하지만 한 번 사용하면 버려지는 일회용품의 수명은 실로 엄청나다. 종이컵은 분해되는 데 30년, 비닐봉지는 10~20년, 플라스틱 빨대는 200년이라고 한다.

쉽고 편리해서 사용한 종이컵은 이별했다. 외출할 때는 텀블러를 챙겨 나간다. 나무젓가락 대신 개인 수저를 사용하고, 플라스틱 빨대는 사용하지 않는다.

아크릴 수세미&주방세제

알록달록 예쁜 아크릴 수세미. 설거지하면서 수세미의 원사가 떨어져 나와 알게 모르게 미세 플라스틱을 섭취하게 된다. 주방세제 역시 세제 잔여물로 인해 한 달에 카드 한 장 정도의 미세플라스틱을 섭취한다.

아크릴 수세미는 천연수세미로, 주방세제는 주방 비누로 바꿨다. 세제 잔여물도, 사용할 때 손의 편안함도 좋기에 만족도 100%이다.

샴푸&바디워시

달콤하고 향기로운 향, 편리함에 빠져 바꿀 수 없었던 물건 중 하나다. 예전에 비누로 머리를 감으면 머리카락이 뻣뻣해졌다. 선입견으로 샴푸바를 사용하지 못했다. 혹시나 해서 비누바를 사용했는데, 거품도 풍부하고 감는 내내 향도 좋았다. 바디바 사용감도 대만족. 바디워시만큼 향이 강하지는 않지만 은은한 향이 있고, 씻고 나면 뽀득거리는 느낌이 좋다.

각종 비닐봉지 외

우리 집은 폴리백, 지퍼백, 호일, 일회용 장갑은 사지 않는다. 사지 않아도 밖에서 우연히 생기는 것들이 있다. 부득이하게 생기는 지퍼백과 비닐봉지는 물에 깨끗이 닦아 재사용하기 위해 건조한다. 되도록 다회용으로 사용할 수 있게 만든다. 장을 볼 때는 에코백과 통을 챙겨나간다. 지퍼백이나 건조시킨 비닐도 재사용한다.

006

쓰레기 바라보기

맥시멀하게 살다가 비우기를 시작하면서 '미니멀 라이프'에 관심을 가지게 되었다. 깔끔하게 정돈된 집, 아무것도 없는 방을 보고 그렇게 살아보리라 다짐하고 행동했다. 그냥 버리는 것이 아니라 잘 버리는 것을 고민했다. 고민이 깊어지니 오히려 버릴 수 없었다. 버리면 쓰레기가 되고, 쓰레기는 환경을 오염시킬 뿐이니까. 버릴 수 없으니 쓰레기를 줄이는 것이 첫 번째 과제가 되었다. 《나는 쓰레기 없이 산다》에서, 저자가 일 년 동안 모은 쓰레기가 유리병 하나인 것에 충격 받았다.

버리지 않는 것이 중심이 되는 제로웨이스트에 관심이 생겼다. 제로웨이스트의 첫 시작은 '텀블러, 손수건, 장바구니' 사용이다. 텀블러는 외출해서 물을 마시거나 음료를 마실 때 사용한다. 일회용 컵을 사용하지 않으니 경제적이다. 손수건은 화장실의 핸드타올을 대신한다. 핸드타올을 사용하지 않으니 나무를 아낄 수 있고, 핸드 드라이어를 사용하지 않으니 전기 에너지를 아낄 수 있다. 장바구니는 언제 어디서든 장 볼 것을 대비해 챙긴다. 비닐봉지를 사용하지 않기 위함이다. 최근에 나무젓가락을 대신할 수저세트가 추가되었다.

코로나로 위생에 더 관심을 갖게 되면서 우리는 일회용품을 더 사용하게 되었다. 배달 음식도 자주 먹게 되는데 대부분 다회용기가 아닌 일회용품에 포장되어 온다. 하지만 우리가 놓치는 게 있다. 일회용품이 다회용기보다 더 세균이 많다는 사실이다. 포장 제거 후 사용하는 일회용품은 살균 소독된 다회용기보다 세균이 더 많다고 한다. 과연 우리가 안전한 선택을 하고 있는지 생각해볼 일이다.

안전을 위해 선택한 과도한 소비가 또 다른 환경오염을 가져오는 것도 문제다. 지구가 점점 병들어가고 있다. 결국 살아남지 못하는 것은 지구가 아닌 바로 우리 인간일 것이다.

쓰레기를 줄이는 가장 좋은 방법은 소비하지 않는 것이다. 소비하지 않고 살아가는 것은 힘든 일이지만 쓰레기 문제는 촌각을 다툰다. 더 이상 쓰레기를 매립할 곳은 거의 없고 쓰레기가 바다로 흘러들어 쓰레기 섬을 만든 지 오래다. 이제는 가치 있는 물건에 소비하고, 무분별한 소비를 줄여야 한다. 결국 소비의 문제는 지구의 건강을 떠나 우리의 생존을 위협할 지도 모른다.

이래와 같은 방법으로 소비를 줄여보면 어떨까? 소소하지만 가치 있는 소비를 실천하고, 내 삶에 윤택함도 더할 수 있을 것이다.

- '무지출데이'를 지정해 한 달에 며칠은 지출하지 않기
- 가치 있는 물건을 찾아서 소비하기
- 일주일에 하루, 고기 없는 날을 지정해 육류 소비를 줄이기
- 없는 삶으로 불편하지만 행복함을 느껴보기

포장 용기를 사용하지 않는 재래시장이나 도매시장을 이용하는 소소한 실천부터 쓰레기를 발생시키는 포장재를 만드는 기업에 불만을 토로하는 적극적인 실천까지, 내가 할 수 있는 쉽고 다양한 방법을 해보자. 한 명 한 명이 지켜간다면 우리의 쓰레기도 줄어가지 않을까 생각된다. 쓰레기를 줄이기 위한 노력은 비단 나만의 일이 아니라는 점을 염두에 두고 생활하면 좋겠다.

우리의 수다

└ 진미   아이들한테 환경 강의 한번 해주면 안 될까?
　　　　괜히 외부강사 초청할 필요 없는 것 같다.

└ 지해   요즘 커피숍! 텀블러를 들고 가도, 일회용 컵에 주는
　　　　건 정말 이해가 안 되더라.
　　　　진미가 말한 환경 강의 좋다! 대찬성이야.

007

줍깅, 쓰레기를 줍다

우리 주변에는 쓰레기가 참 많다.

"버리는 사람 따로, 줍는 사람 따로니?"

이렇게 말하고 싶을 정도로 무심결에 쓰레기를 버리는 사람들이 많다. 담배를 피우고 버리는 어른들, 껌을 씹고 뱉는 사람들, 음료를 먹고 테이크아웃 컵을 놓고 가는 사람들까지.

아이들과 종종 *줍깅을 한다. 비닐봉지 한 장과 집게 하나면 준비 끝! 집 근처 공원을 걸으며 쓰레기를 줍는다. 산책로와 벤

줍깅 —— 스웨덴어의 줍다(plocka up)와 영어단어 달리기(jogging)의 합성어인 '플로깅 (plogging)' 봉사활동으로 걷거나 뛰면서 길거리의 쓰레기를 줍는 활동을 뜻하는 신조어.

치 주변에는 하나씩은 쓰레기가 꼭 있다. 아이들과 이야기를 나누며 쓰레기를 줍는다. 그냥 산책보다 시간이 더 많이 걸리지만, 의미 있는 일이기에 빼 먹을 수 없는 우리만의 활동이다.

작년 여름에 들렀던 남해 바다. 파도와 함께 떠밀려 내려오는 쓰레기에 마음이 무너졌다. 아이들은 모래사장에서 놀고, 난 쓰레기를 줍기 시작했다. 처음 해본 비치코밍에 어떻게 해야 할지라는 생각보다 '해야 한다'라는 생각이 먼저였다.

쓰레기를 주워서 한군데 모았다. 담을 곳은 생각하지 않았다. 어느 순간 포대 자루가 파도에 밀려왔다. 자루에 쓰레기를 담았다. '이 자루를 다 모을 수 있을까?' 하는 생각도 잠시, 금세 쓰레기가 담겼다. 분리수거 할 수 있는 건 따로 모았다. 포대 자루가 넘쳐 봉투 한 장을 더 채웠다. 2~3시간 정도 해변을 거닐며 모았던 것인데 그 양이 엄청났다.

가장 많았던 쓰레기는 배에서 사용하는 밧줄, 담뱃갑과 꽁초였다. 개봉하지 않았던 캔 커피, 일회용품들도 있었다. 플라스틱 생수병과 플라스틱 조각도 많았다. 혼자 처리할 수 없어서 해변 안전요원에게 이야기했다. 이후로 바닷가에 가면 쓰레기를 찾아다니며 줍는다.

쓰레기 줍기는 집 근처나 바다에서뿐만 아니라 내가 있는 어떤 곳에서도 가능하다. 캠핑을 즐기는 우리 가족은 쓰레기를 줄이기 위해 노력한다. 꼭 빠지지 않고 하는 일이 내가 있던 캠핑장 사이트에 쓰레기 줍기.

텐트를 철수하고 내가 머문 자리를 확인하면 생각보다 쓰레기가 많다. 작은 쓰레기라 챙기지 못할 뿐이다. 얼마 전 캠핑에서도 정리하면서 주변을 둘러봤다. 고무줄, 빵끈, 플라스틱 조각, 아이들 장난감 조각, 모기향 등이 발견되었다. 모기향은 태우고 남으면 주워서 버려야 하는 데 밟아서 깨졌다. 이런 자그마한 쓰레기가 미세플라스틱이 되고 땅을 오염시킨다. 떨어뜨렸을 때 바로 주워 쓰레기통에 버린다면 누군가 다시 수고해야 할 일이 줄어들 것이다.

그래도 요즘은 많은 사람이 쓰레기 줍기에 관심을 가지는 모습에 신이 난다. KBS 국민대표 예능 1박 2일에서도 벌칙이지만 멤버들이 줍깅과 비치코밍을 했다. 더 많은 사람이 줍깅, 비치코밍을 알게 되는 계기가 되지 않았을까. 많은 사람이 실천하면 좋겠다. 쓰레기를 버리지 않아야겠지만 버려진 쓰레기라면 주워야 한다.

줍깅은 비닐봉지와 집게만 있으면 된다. 새 비닐봉지가 아닌 여러 번 사용한 봉지, 조금 더러운 봉지를 사용하고, 집게는 재사용하는 센스가 필요할 것 같다. 줍깅을 통해 또 다른 쓰레기를 만드는 것이 아닌 기존에 있는 물건을 가지고 행동하는 사람이 되어야 하겠다.

∟ 진미 줍깅을 여기서 처음 들음.

∟ 지해 우리 동네는 초등~고등까지 아침마다 천을 따라 걸
으며 쓰레기를 주웠어.
그때 생각나네. 쓰레기가 지금처럼 많지 않았는데.
품앗이도 한번 모여 줍깅하자!

008

용기내 프로젝트

단골 빵집에 반찬통을 들고 간다.

"언니, 여기에 빵 넣어주세요."

봉투에 담긴 빵을 빈 통과 함께 내민다. 빵집 언니는 빵을 빼서 통에 담고, 재사용가능한 빈 봉투는 따로 보관한다. 집에서 사용하지 않는 빵끈을 가져다 주기도 했다. 케이크를 포장할 때 일회용 칼과 폭죽, 초는 받지 않는다. 케이크 상자 없이 케이크는 큰 용기에 담아온다.

와플가게에서도 반찬통에 포장을 부탁한다.

"사장님, 여기에 와플 담아주세요. 생크림은 조금 적게 넣어주시고요."

"어? 여기에 담으면 눌릴 텐데요. 괜찮을까요?"

"바로 먹을 거니 괜찮아요."

사장님의 배려에 감동했다. 연신 괜찮다는 말을 한 뒤에 통에 담아왔다. 물론 통에 담아오면 눅눅해질 수 있기에 살짝 통을 열고 와야 한다. 하지만 포장지를 사용하지 않아도 되니 좋다.

핫도그를 주문할 때도 예외는 없다.

"먹고 갈 거니, 그냥 주세요."

핫도그를 받아 통에 담는다. 핫도그가 눅눅해지지 않도록 통한 쪽을 살짝 열고 집에 오는 길은 왠지 발걸음이 빨라진다. 따뜻하고 바삭할 때 핫도그를 즐기기 위한 마음을 담아서. 이렇게하면 핫도그에 꽂힌 꼬치만 버리면 된다.

카페에서 커피나 음료를 살 때 텀블러를 사용하는 것은 기본이다. 장을 볼 때 에코백과 빈 통을 꼭 갖고 간다. 콩나물이나 채소를 살 때 에코백을 사용하기도 하지만 반찬통을 내밀기도 한다. 집에 와서 재료를 닦아 바로 통에 담아 두면 되기에 편하다. 해산물을 살 때도 비닐 대신 빈 통을 사용한다. 고기 역시 항상가는 정육점에서 통에 담아온다.

파나 당근을 살 때면 흙이 에코백에 묻기에 비닐에 담아준다는 사장님들이 많다. 그러면 나는 "괜찮아요. 에코백은 빨면 되지만, 비닐봉지는 버리게 되니 그냥 담아주세요."라고 말한다. 처음에는 "그냥 비닐 사용하지 왜?"하며 나를 의아해 했다. 이제는 "애국자네, 애들이 좋은 거 보고 배우겠어."라고 하며, 봉지 값이라고 물건을 덤으로 더 준다. 이 때문에 대형마트나 동네마트 대신 재래시장을 이용하고, 5일에 한 번 서는 장을 이용한다. 이제는 사장님들이 알아서 챙겨 넣어준다.

김밥을 통에 담아와 쿠킹호일을 버리지 않게 되었고, 소풍을 가는 느낌을 받았다. 닭강정을 통에 받아와 쓰레기를 줄이고, 내가 만든 음식 같은 기분을 냈다. 생각보다 용기를 내면 기분 좋은 일들이 이어진다. 여유가 된다면 플라스틱 용기보다 유리용기에 담아와 환경호르몬까지 챙기면 좋다.

햄버거, 피자, 떡볶이를 통에 담아오고, 감자탕을 냄비에 포장한다. 다른 분들의 '용기내' 프로젝트 이야기를 들어보면 아직 갈 길이 멀지만 내가 할 수 있는 선에서 최선을 다하고 있다.

죽집에서 반찬통을 내밀기 위해 용기를 내야하고, 치킨집에서 어색한 마음에 용기를 내야 하고, 용기를 내어 용기를 내미는 힘이 필요하다.

용기 내는 게 어렵다면 간단한 음식부터 도전해보면 좋겠다. '김밥, 떡볶이, 순대 포장할 때 반찬통 내기'와 같이 어렵지 않은 메뉴부터. 그리고 식당에서 먹지 않는 메뉴가 있다면 먹기 전에 거절하는 용기도 필요하다. 죽집에서 포장할 때 필요 없는 반찬과 일회용 수저 세트를 빼놓고 나오기와 같이 간단한 것부터 천천히 도전해보자. 배달 음식을 시킬 때 '일회용품을 거절', '소스를 주지 마세요'와 같이 쓰레기를 줄이는 방법을 생각해보면 무궁무진하다.

처음부터 모든 곳에서 좋은 소리를 들은 건 아니다.

카페에서 "이 텀블러에 음료를 담아주세요." 했더니, "입구가 좁아서 얼음을 담을 수 없어요."라며 찬 음료를 주문했는데, 얼음 없이 음료만 텀블러에 담아온 적도 있다.

일상에서 실천하고 있지만, 아직도 용기를 내는 게 쉽지 않다.

'혹시 거절당하면 어쩌나?'

'사장님이 싫어하면 어쩌지?'

지금도 이런 생각이 들 때가 많다. 하지만 지구를, 가족을 위해서 필요하다고 용기를 내고 있다.

우리의 수다

└ 진미 등산하시는 분들은 스텐 물컵을 가방 고리에 달아서
올라가잖아?
예전에는 그 뒷모습이 구리구리해 보였는데 깊은 뜻
을 근래 이해하게 되네.

└ 지해 생각보다 많은 곳에서 실천할 수 있구나!! 우린 떡볶
이를 통에 받아오는 편이야.
근데 용기 내밀면 인상 쓰시는 분들도 있더라. 용기
보다 용~기가 더 필요해!

집밥을 먹읍시다

집밥에 관심이 많고 진심인 편이다. 요리하는 것을 좋아해 우리집은 항상 음식 재료가 넘쳐난다. 최근에는 똑같은 식재료를 많이 사두기 보다는 다양하게 산다. '다 먹을 수 있을까?' 하는 생각이 들 때도 있지만, 냉장고를 믿고 주저하지 않는 편이다. 그런데 작년에 냉장고가 고장 났다. 우리 집은 비상사태나 다름없었다. 고민할 것도 없이 냉장고를 바로 구매했다.

그런데 이번에는 김치 냉장고가 고장 났다. 바로 몇 달 전이다. 나는 김치 냉장고를 알아보러 다녔다. 맛이 간 냉장고 안에서 생명을 잃어가는 식재료를 구하기 위해서였다. 하지만 이번에는 구매를 고심하게 되었다.

냉장고는 오래 사용하는 가전제품 중에 하나다. 10년 이상,

15~20년까지도 사용한다. 우리 집 냉장고는 신혼 때 사서, 자리 한 번 옮기지 않고 10년을 사용하다가 고장이 났다. 원인은 콤프레샤 고장이었다. 냉장고에서 콤프레샤 고장은 컴퓨터의 메인보드 고장과 같다. 수리비용도 어마어마하다. 60~70만 원을 들여 수리할 것인가 새것을 살 것인가를 고민했다. AS 기사님도 콤프레샤 고장은 수리비용이 많이 들고, 교체해도 몇 년을 더 쓸 수 있을지도 모르니 냉장고를 새로 사는 게 나을 것 같다고 했다. 고민 끝에 내린 결론은 냉장고 교체.

하지만 수리와 구매의 갈림길에서 '김치냉장고 없이 살아볼까'라는 생각이 들었다. 고민 없이 사려던 계획을 바로 철회했다.

김장김치, 그리고 장아찌와 잼류들을 일단 냉장고에 넣었다. 생각보다 김치냉장고에 보관했던 음식 재료가 많았다. 냉장고가 콩나물시루처럼 가득해졌다. 불편하긴 하지만 세 달째 잘 버티고 있다.

요즘은 음식 재료를 구입하기 쉽다. 그런데, '우리의 냉장고는 왜 점점 더 커지는 걸까? 왜 쌓아놓고 먹을까?' 대형 마트에서 잔뜩 사서 결국엔 얼려 먹는다면 맛과 풍미는 떨어진다. 건강을 위해서라도 냉동식품보다는 신선식품이 좋다.

좋은 제품이 많아지는데 왜 우리는 더 바빠지고 힘들어지는지 모르겠다. 재료를 보관하기 힘들었던 옛날에는 장아찌나 굴비 등을 만들어 두고 먹었다. 하지만 요즘도 예전처럼 보관하고 쌓아둔다. 꼭 월동준비를 위해 동물들이 먹이를 모아두듯이 말이다. 언제든 사 먹을 수 있는 시대다. 한겨울에 수박을 먹을 수 있고, 한여름에 배추김치를 담글 수 있다. 농사법이 발전했고, 저장법이 발달한 시대에 살고 있다.

김치 냉장고가 고장났다 하니 시어머니께서 김장김치를 줄이자 하셨다. 겨울 외에도 할 수 있는 김치가 다양하니, 최소한만 담그자 하신다. 지당하신 말씀. 바로바로 해 먹는 김치의 맛이 가장 좋다. 김장김치는 김치가 떨어졌을 때 먹을 수 있을 정도로만 있으면 된다.

콩나물시루가 된 냉장고를 비우기로 했다. 첫 번째 목표는 냉장고 파먹기. 물론 냉장고에 있는 음식 재료만으로는 어렵다. 한정적인 요리만 계속된다. 냉장고 지도를 만들고 최소한의 소비로 요리를 만들면 된다. 두 번째 목표는 김치 냉장고 없이 살기. 식재료를 장기간 보관하지 않기 위해서다. 산다면 최대한 작은 사이즈의 김치 냉장고다. 냉장고가 크면 계속 채우게 될 테니까.

사실 1인 가구가 늘어나 밀키트, 소량 포장의 식재료가 늘어났다. 워킹맘은 밀키트나 사먹는 반찬이 더 경제적이라 말한다.

하지만 시간 활용이나 재료 활용을 잘하면 재료를 사서 해먹는 게 더 경제적이다. 그리고 밀키트는 재료 신선도 떨어지고 쓰레기가 많이 발생한다.

환경, 건강을 위해서도 집밥은 필수다. 조금 힘들더라도 나만의 집밥 메뉴를 개발해보는 건 어떨까. 간단 요리법이 가득한 인터넷과 유튜브를 활용하면 요리가 쉬워진다. 다양한 소스들이 있어 조금만 노력하면 맛있는 요리가 된다.

우리의 수다

└ 진미 　브런치에 집밥 글 올린 것 봤어. 나는 밀키트족이야.
　　　　헤헤헤. 하루하루를 밀키트로 살아가.

└ 지해 　우리집 냉장고는 재료가 많지 않아. 난 미영의 꽉 들
　　　　어찬 냉장고가 좋더라.
　　　　가끔 엄마처럼 챙겨주는 반찬들 고마워.

+ 집밥 만들어 먹기 팁

음식 재료를 구매해서 한 가지 음식 재료로 만들 수 있는 다양
한 요리를 활용한다. (예를 들면 오징어를 구매해서, 오징어볶
음, 오징어 국, 오징어무침 등)

자투리 채소는 잘게 잘라 냉동했다가 볶음밥이나 카레에 넣어
활용한다.

국은 넉넉하게 끓여서 냉동해 두면 언제든지 필요할 때 데워
먹을 수 있다.

010

버리지 말고 나눔

《비우니 좋다》를 쓰면서, 많은 물건을 비웠다. 처음에는 버리는데 급급했다. 나중에는 그냥 버려지는 물건이 아까웠다. 이왕이면 새로운 주인을 만나서 다시 쓰였으면 싶었다. 새것과 같은 물건은 '중고나라'와 같은 중고 사이트에서 판매했다. 물건을 파니 자세한 설명이 필요했다. 택배 포장에도 신경 쓰였다. 판매에 에너지를 사용하니 지쳤다. 그래서 생각한 것이 나눔이다.

온라인 나눔

애정하는 카페에서 책을 나누기 시작했다. 서평 카페이다 보니 책이 아닌 물건을 드림해도 될까 싶어 카페 매니저에게 문의했다. "혹시, 제가 가진 물건 중에 사용하지 않는 물건을 카페에서 나눔 해도 될까요?"라고 물었는데, 흔쾌히 "그럼요."라는 답변을 받았다. 그날 이후로 한 달에 한 번 이상 카페에서 나눔을 하고 있다. 책을 사랑하는 분들이 있는 곳이라 책과 함께 생활용품, DIY 재료, 아이들 장난감까지 사용할 수 있는 물건들을 나눔했다.

많은 분이 흔쾌히 응해주셔서, 꽤 많은 물건을 나눔 했다. 이 글을 쓰는 오늘 오전에도 편의점 택배를 발송했다.

당근 마켓 나눔

처음에는 중고나라에서 물건을 팔았다. 택배 발송 하다 보니, 보낼 수 없는 물건도 있어, 버려야 하나 고민했다. 하지만 지역 나눔 시스템인 당근 마켓이 있어서 든든하다. 기쁜 마음으로 무료 나눔 한다. 내가 사용하지 않는 물건이 새로운 주인을 만난다는 것만으로도 행복한 일이다. 많은 사람이 물건을 받으러 오며 고맙다는 인사와 작은 선물을 갖고 온다. 직접 담근 장아찌는 물론이고, 아이스크림, 음료수, 주스, 과자까지 수많은 애정을 수신 받았다.

지인에게 나눔

동생이 의상 디자이너라 옷이 많다. 동생을 만날 때마다 받는 옷이 어마어마했다. 혼자 입기에는 너무 많았다. 그래서 친구를 만날 때 안 입는 옷을 나눴다. 쌓아두는 것보다는 나누는 게

낫겠다 싶었다. 어느 날 공저자 진미에게 옷을 나눴다. 한의원에 출근해서 동료 선생님들과 옷을 나눴다고 했다. 나눔이 또 다른 나눔을 불러왔다. 나누는 기쁨을 함께할 수 있어 의미 있었다.

요즘은 낡아서 버리기보다 지겨워서 버린다. 물건을 사는 것이 쉬우니 조금 낡으면, 질린다 싶으면 버린다. 새것과 같은 물건이 쓰레기 수거장에 버려져 있으면 마음이 아프다.

이제 물건을 버리지 말고 나누자. 버리는 것도 비용이 든다. 위에 소개된 곳 외에도 재사용이 가능한 물건들을 기증할 만한 곳이 많다. 아름다운 가게나 구세군 희망 나누미를 통해 물건을 기증할 수도 있고, 책이나 한복, 장난감도 기증받는 곳이 있다.

수많은 물건을 나누면서 이런 말을 들었다.
"귀찮지 않으세요?"
"빈거롭고, 수고스럽고, 신경 써야 하잖아요."
"포장하고 택배 보내는 일이 쉽지 않죠?"
사실 조금 귀찮을 때도 있다. 하지만 버려지는 것보다 사용될 수 있다고 생각하면 행복함이 먼저다. 물건을 받은 분의 미소와 감사하다는 글을 보면 힘들지 않다.

사용하지 않는 물건이 재사용되는 것이 자원을 아끼는 길이다. 환경을 생각하는 길이다. 버리면 쓰레기가 되지만 사용하면 다시 물건이 된다는 것을 잊지 말자.

'받는 기쁨보다 주는 기쁨이 더 크다'라는 말을 마음에 새긴다. 내가 가진 물건 중에 나눔 할 수 있는 물건이 있을까를 생각하며 비우고 정리한다. 나도 물건이 필요하면 당근마켓에서 물건을 사거나 지인들에게 묻는다. 중고 중에도 훌륭한 물건들이 많기에 새것에 고집하지 않는다.

혹시 음식재료도 많다면 나누자. 재료가 많을 때는 반찬을 넉넉히 만들어 지해, 진미와 나누기도 한다. 나눔은 한 번 하면 계속하고 싶다. '오늘은 또 어떤 물건을 나눠볼까? 이번에는 어떤 물건이 좋을까'를 고민한다. 앞으로는 내가 가진 재능도 나눌 생각이다.

우리의 수다

ㄴ 진미 도서 리뷰하고 남은 책들은 언제 나눔 하는 거야? 기다리고 있단 말이야.

ㄴ 지해 미영이 준 옷으로 일 년을 살지, 내가 ㅋㅋ

011

죽음이 주는 이야기, 웰다잉

몇 달 전에 아버지가 갑자기 돌아가셨다.

급작스러운 죽음은 내게 많은 생각을 남겼다. '당하는 죽음이 아니라 맞이하는 죽음이 되어야 한다'는 웰다잉의 관점에서 보면 과연 아버지가 품위 있고 존엄하게 생을 마감하셨을까? 당신 입장에서는 맞이하는 죽음이었을까 싶지만, 자식 입장에서는 당하는 죽음을 맞이했다. 언젠가 올 거라고 생각했지만 급작스러운 이별 앞에서 그 어떤 것도 속수무책이었다.

아버지가 떠나시니, 곁에 있던 물건은 다 쓰레기가 되었다. 생전에 소중한 물건이라 해도 이제는 용도 불명의 물건이다. 아버지의 공구 통은 5개다. 도배, 가구조립, 전기, 수도, 하실 수 있는 게 많아서 그렇다.

아버지를 추억한다고 많은 물건을 둘 순 없다. 주인 없는 물건은 방치된다. 결국 먼지가 쌓여 누군가가 정리해야 한다. 물건의 의미는 주인이 사용함으로써 생기는 것이다. 주인이 없는 물건은 의미도 사라진다.

넷플릭스에서 〈무브 투 헤븐〉이라는 드라마를 만났다. 유품정리사라는 직업을 통해 죽음을 바라봤다. 그중 돌아가신 어머니의 재산을 찾기 위해 '유품정리사'를 부르는 부부 이야기가 기억에 남는다. 어머니의 임종을 지키지 못하고 방치되어서 방은 벌레와 악취로 가득하다. 어머니의 전 재산인 돈이 방바닥에서 나온다. 악취로 가득한 돈을 유품정리사는 깨끗하게 닦아준다. 이돈은 자식에게 양복 한 벌 만들어 주려 어머니가 평생을 모은 돈이었다. 부부는 그 의미와 상관없이 돈에만 관심이 있었다. 이드라마에서 유품은 돌아가신 분의 이야기가 담겨있다 말한다. 사람의 죽음에 대해 깊게 생각하는 시간이었다.

유품이 쓰레기가 되지 않도록 평소에 비워야 한다. 내가 없으면 내 물건은 다 쓰레기다. 살아있는 동안 필요한 물건과 아닌물건을 생각하자.

외출할 때 항상 집안을 단정히 정리하고 간다는 분이 있어, 그

분께 물었다.

"왜 정리를 하고 외출하세요?"

"내가 갑자기 죽는다고 생각해보세요. 내가 죽은 뒤 집에 사람이 왔을 때, 지저분하다면 수치스러울 것 같아요. 그래서 항상 외출 전 집을 깔끔히 치우고 나간답니다."

나는 외출할 때 어떻게 했을까? 갑자기 생각해보게 된다.

내가 없다고 생각하면 가진 물건에 대한 소유욕이 줄어든다. 나이가 들수록 물건을 줄여가야 할 이유가 생긴다. 사실 살아가는 데 그다지 많은 물건이 필요하지 않다. 진정 내가 필요한 물건과 나를 위한 물건이 무엇인지를 생각해야 한다.

사람이 죽으면 자연으로 돌아간다. 우리도 자연의 일부이고, 자연도 우리의 일부다. 과연 우리가 죽으면 자연 일부가 되고 있을까? 죽음이 인생의 끝, 목표라고 생각한다면 내가 마지막에 가야 할 길이 보일 것이다. 내가 가진 물건이 나를 대변한다고 한다. 내 주위를 둘러보자. 어떤 물건들이 함께하고 있는지 살펴보자.

며칠 전에 아흔을 바라보시는 이모를 만났다.

"이모, 요즘 어떻게 지내세요?"

"응, 잘 먹고 잘 지내고 있지."

"계절이 바뀌는데 옷 한 벌 선물하고 싶어요."

"새 옷도 새 물건도 다 필요한 것이 없어. 먹고사는 데 필요한 몇 가지만 있으면 충분해! 얼마 전에 딸들이 옷 사 온다고 했는데 사오지 말라했어."

라고 하셨다. 물건에 집착하고 더 가지려고 했던 나 자신을 돌아보게 되었다. 사는 데 필요한 물건이 무엇인지, 잘 사용하는 것이 얼마나 중요한지 느꼈다.

'죽으면 다 소용없다'고 어른들이 하신 말씀이 생각났다. 인생의 끝만 바라보고 비관하는 삶이 아니라 인생에는 끝이 있으니 가치 있는 삶으로 생각을 바꿔보는 건 어떨까? 물건이 먼저가 아닌 내 삶이 먼저가 되는, 품위 있고 존엄한 삶과 생의 마감을 한 번쯤 생각해볼 필요가 있다.

당신의 물건이 남아서 쓰레기가 되는 것은 싫다고 짐을 정리하시는 시어머니처럼,
내 물건의 한계를 정해놓고 구매하지 않는 아흔의 이모처럼,
과한 건 적은 것보다 못하다고 말씀하시는 어머니처럼,

어른들의 말씀을 되새기며 삶을 돌아보는 시간을 가져본다.

먹지도 못할 양의 재료를 구매해서 썩혀 버리고, 인원수보다

더 많은 양의 음식을 주문해서 버리고, 예쁘다는 마음 때문에 옷을 사서 버리고, 싸다는 이유로 잔뜩 사서 결국을 쓰레기통에 버리고 있는 건 아닌지.

우리의 삶이 너무 과한 건 아닌지, 필요 이상의 물건에 둘러싸인 건 아닌지 고민해보자. 삶과 죽음의 경계에 서 있어도 그럴 수 있는지 생각해보면 간단하다.

우리의 수다

ㄴ 진미   나도 아버지 돌아가시고 유품 버리면서 많은 생각을 했어. 죽으면 산에 뿌려달라고 하셨는데 현실적으로 어렵고 비용도 만만치 않아서 납골당에 모셨거든.
아버지를 흙으로 돌아가실 기회를 뺏은 것 같아 마음이 계속 무겁네.

ㄴ 지해   나도 엄마 돌아가시고 남은 물건 정리하면서 많은 생각을 했어. 살아계실 땐 물건이던 것들이 한순간에 쓰레기가 되어버렸지.
그 뒤로 나도 집을 비우기 시작했어.
우린 생각보다 많은 것을 버리지 못하고 살고 있더라.

012

공간메이커로 당신의 삶을
응원합니다

현재 우리의 삶은 퍽퍽한 편이다. 편리한 가전 기기들에 둘러쌓여있지만 현실은 더 바쁘게 돌아간다. 따닥따닥한 공간, 빽빽하게 들어찬 건물에 산다. 삶에 여유가 없다. 편리함으로 무장한 기계들이 나 대신 나의 공간을 채워간다.

"당신의 삶에 공간을 만들어 드립니다."

사람들의 공간에 여유를 만들어주고 싶다. 사람들의 삶에 공간을 만들어주고 싶다.

깨끗한 집에 대한 로망이 있다. 하지만 어디서부터 해야 할지 모르는 경우가 많다. '하루에 1개씩 비워내기', '하루에 5분씩 청소하기', '토막시간 활용하기' 등 매일 조금씩 행동해보자. 물방

울이 바위를 뚫기까지 얼마나 많은 시간이 걸렸을까. 시간을 투자한 만큼 그 결과를 얻어낼 것이다.

비우는 게 좋다고 말한 나 역시 아직 더 비우기 위해 노력 중이다. 수십 년간 맥시멀하게 살았던 사람이 하루아침에 미니멀해 질 수 없다. 매일 1개씩을 비운다. 그리고 청소하고 정리한다. 구역별로 비우기, 같은 물건 모아보기, 나눠 쓰기, 거절하기 등을 실천하고 있다.

물건을 비우다 보면 쓰레기가 많이 발생한다. 재사용하거나 재활용할 방법을 찾고, 나눠 쓸 수 있는 방법을 생각한다. 완벽하게 쓰레기를 발생시키지 않거나 쓰레기 없이 살 수는 없다. '완벽하지 않아도 괜찮아'를 모토로 강박관념을 버리는 것 역시 중요하다. 나도 때로는 배달 음식을 먹기도 한다. 이때 일회용품을 받지 않고, 필요 없는 소스는 받지 않는다. 쓰레기를 줄이기 위해 배달 음식보다는 포장 음식을 이용한다. 포장할 때는 용기를 미리 준비해 쓰레기를 줄인다. 사실 일회용 용기에 담아오지 않고 내가 사용하는 용기에 담아오면 쓰레기 처리가 간단해서 좋다. 설거지만 하면 되니 간단하다.

많은 사람이 함께 할 수 있도록 자료를 모아 블로그에 정리하고, 함께 이야기 나눌 장을 마련한다. 유튜브를 통해 활동을 폭

넓게 이어가고 있다. '용기내 챌린지'나 '줍깅 챌린지' 등을 통해 다 함께 할 일을 찾아볼 수도 있다. 주위를 둘러보면 생각보다 우리가 실천할 수 있는 일이 참 많다. 처음이 어렵고 시작이 어렵다. 혼자 하는 것이 아니라 함께 하는 이가 있기에 발걸음이 조금은 가볍지 않을까 싶다.

'Many drops make a shower(낙숫물이 바위를 뚫는다).'

이 말처럼 누군가 조금씩 변하면 지구도 변하지 않을까? 배달 용기를 깨끗이 닦고, 음료수통을 비우고 비닐을 제거해 분리배출을 하면서 나 혼자만 이렇게 열심히 하나 자괴감이 느껴질 때가 있다. 분리수거장에 지저분하게 버려진 재활용품을 보면 화가 난다.

나만 이렇게 하는 건가? 나 혼자 해서 세상이 바뀌긴 할까? 싶을 때가 많다. 하지만 나부터라도 이렇게 행동하면 세상은 변할 거라 믿는다. 나의 공간을 조금씩 변화시키자.

공간메이커로서 당신의 삶을 응원한다!

우리의 수다

ㄴ 진미   미영은 우릴 움직이게 했지. 종이컵 쓰지 말자고 해
서 품앗이 때면 다들 일회용 그릇이랑 포크, 종이컵
안 쓰고 모였잖아. 수고했어. 덕분이야.

ㄴ 지해   무엇이든 작게, 쉽게 시작하는 거 중요한 거 같아. 남
들 한다고 하지도 못할 일을 시작했다가 포기하고,
실망하고를 반복하는 사람들이 많더라.
미영이 하는 일이, 한 발 떼기 힘든 이들에게 큰 용기
를 주길 바라.

Part 3

지해,
오늘은 고구마 라떼?

blog

instagram

어젯밤, 드로잉모임의 새로운 기수 멤버들과 온라인으로 첫 만남을 가졌다. 모두 저마다의 목표 또는 기대감을 품고 모였다. 기수가 마무리될 때쯤이면, 서먹했던 사이에 끈끈한 무언가가 생겨난다. 한 사람 한 사람의 이야기가 모여 '우리'가 되는 과정이 좋다. 누군가의 삶의 이야기를 듣는다는 것은 베스트셀러 문학작품보다 값진 일이라는 걸 알아가고 있다. 이번 기수도 어떤 이야기가 만들어질지 기대된다.

밤이 전해준 설렘을 품고 잤더니 잠도 꿀잠이다. 새벽에 일어나 그림책 한 권을 펼쳤다. 오늘 노인복지회관 어르신들 수업에 들고 갈 그림책이다. 그들은 오랜 삶의 경험이 쌓인 어린아이와 같다. 여유롭고 순수한 노인들의 모습을 통해, 나의 성숙한 미래를 꿈꾸게 된다. 초조하고 불안했던 마음도, 다른 이들과 비교하고 경주하던 마음도 내려놓고 나의 속도를 가늠해보게 된다.

강지해 그림책테라피스트
캘리테라피스트

매일의 힘을 믿는다. 그림을 그리고, 읽고, 쓰며 일상을 채우고 있다. 행복이라는 건 특별한 것이 아니다. 하고 싶은 일을 원하는 시간에 하는 것. 하고픈 이들과 함께 하는 것. 오늘도 서두르지 않고, 좋아하는 일에 집중하며 괜찮은 내일을 꿈꾼다.
#두딸엄마 #오늘에집중해 #함께하다 #그림책좋아 #1일1그림 #지해로운삶

001

웹디자이너로 10년

난 실업계 고등학교에 다녔다. 그때의 나에겐 최선이자 그렇지 않은 선택이기도 했다. 지긋지긋 두려움의 대상이었던 숫자와 안녕을 고하고(1년간 회계업무를 했다), 새로운 명함이 안겨졌다. 난 컴퓨터를 다루는 일에 능숙했고, 그림 그리는 걸 좋아했다. 이 두 가지만으로 뛰어든 시장. 그 당시엔 벤처기업이라는 이름 아래 다양한 인터넷업체들이 생겨나고 있는 시기였다. 말 그대로 웹디자이너, 웹프로그래머의 수요가 늘고 있는 시기. 첫 직장에 사표를 내고, 우연히 지하철을 타고 어딘가로 향하던 중, 눈에 띄는 광고를 마주했다. '웹디자이너' 이 네 글자에 두근두근 설레어 밤잠을 이루지 못했다.

그 후 전문학원에 다니며 많은 아르바이트를 했다. 밤을 새워 이야기해도 모자랄 만큼, 내 삶 속에 다양한 에피소드를 남긴 시기이기도 하다. 판촉, 음식점 서빙, 베이커리…. 1년이라는 시간 동안 다양한 곳에서 다른 색을 지닌 사람들을 만났고, 그들의 삶을 통해 내 삶의 균형을 잡는 법을 배워나갔다. 대학에 다니고 있을 친구들과는 조금 다른 나만의 시간을 보내며, 하고 싶은 일을 위해 한 발짝씩 앞으로 나아갔다.

그렇게 시작된 나의 일. 좋아하는 일이니 재미만 있을 거라는 기대는 단 며칠 만에 무너졌다. 홍대, 이대 앞에서 난 왜 작아졌던 걸까. 대학이 뭐라고. 몇 년간 밤새며 작품을 만들고 내공을 쌓은 전공자들에 비하면 좋아하는 마음 하나로 시작한 나의 일이 어쩌면 무모했을지도 모른다. 디자인의 기초도 없는 내가 그저 스킬 하나만으로 덤빈 세상은 쉽지만은 않았다. 누군가의 한마디에 화장실에서 펑펑 울다 나온 게 한두 번인가. 그래도 웃으며 막내이 자리를 굳건히 지켰나. 모르는 건 마음껏 물어볼 수 있는 자리가 막내의 자리이기도 하다. 내 안에 숨어 있는 감각에 불을 지피기 위해 전시회를 다니고, 책을 읽고, 수집하고 엮으며 모자란 부분을 나만의 방법으로 꾸준히 쌓아갔다. 가장 열심히 살았던 때가 아닐까 생각한다. '뒤처질까', '무시당할까'라는 마음과 '잘해 보고 싶다'라는 마음 그리고 무엇보다 재미있어서였다.

대학에서 배운 것만으로 일하기도 그리 쉽지만은 않다. 내가 실존의 것을 실존하지 않는 공간으로 표현하고 구현하는 사이, 누군가는 구현하는 방법을 몰라 헤매었다. 그들도 나처럼 배우고 쌓아갈 것이 있는 것이다. 우린 같은 출발점에 있었던 거다. 그걸 알고 나니 자신감이 생겼다. 같은 출발점이라면 나도 너도 다를 게 없다. 열심히 하고 싶은 일을 재미있게 해나가면 된다. 나만의 자리를 만들어 가면 된다.

주소만 입력하면 이동이 가능한 가상의 공간, 그 공간은 우리 세계에 점점 더 자리를 넓혀갔다. 난 그 공간을 보는 이들이 편리하게 이용할 수 있게 또는 원하는 방향으로 이끌 수 있게, 오래 머무를 수 있게 '도와주는 이'였다. 전체적인 디자인 흐름과 컬러, 작은 버튼 하나부터 커다란 메인 이미지까지 디자인하는 사람. 작은 업체들은 웹디자이너가 웹 기획도 하고, 팸플릿도 만들도, 명함디자인도 했다. 덕분에 난 다양한 일을 접할 수 있었다. 볼 때마다 멀미가 나던 숫자와는 다르게 며칠 밤을 새우며 일을 해도 재미있었다. '무'에서 '유'가 되어가는 과정과 순간들, 그것이 존재하며 많은 이들이 소통하는 모습들이 흥미로웠고, 뿌듯했다. 일 못하던 나는 일 잘하는 사람으로 인정받았다.

하지만 거리에 커피숍이 하루에도 몇 개씩 생겨나고 없어지고를 반복하는 요즘처럼, 멀쩡히 수백 명의 직원을 이끌던 회사가 하루아침에 사라지기도 했다. 그 안에서 나 또한 직장을 잃고 얻으며 새로운 세상에 적응해나갔다. 마음 맞는 이들과 액세서리 쇼핑몰 운영도 해보고, 대학을 다니고, 크고 작은 기업으로 파견을 나가 프리랜서로도 일했다. 다 먹고 살길은 열려 있다. 그렇게 불안한 세상에서 버티고 버티다 보니 10년이라는 시간이 지났다.

아이를 낳고도 프리랜서로 몇 년은 일을 이어갔으니, 우연히 지하철에서 만난 작은 인연이 내 40년 인생 중 1/4 이상을 채운 것이다. 우연 같은 필연이 아닐 수 없다. 남들 사는 대로 사는 것 말고, 어쩔 수 없이 하는 일 말고, 내가 살고 싶고 가고 싶은 방향으로 나아가는 것! 아이들에게만 바랄 것이 아니라 어른인 나에게도 필요한 마음이자 용기이다. 10년이라는 시간은 스스로에 대한 믿음을 쌓은 시간이기도 하다. 하면 된다는 믿음, 나의 선택이 옳았다는 믿음, 잘 나아가고 있다는 믿음.

마지막 직장은 이러닝 콘텐츠 개발업체였다. 하는 일이 비슷해 보이지만 전혀 다르다. 기업체와 공공기관의 교육콘텐츠를 만드는 곳이었다. 온라인교육이 더욱 활성화된 지금까지 손을 놓지 않았다면 일복에 터져 행복하던가, 지쳐 쓰러지던가 둘 중 하나였을 것이다. 그곳에서 난 좋은 사람들을 만났고, 일보다 사람이 좋아 출근하는 길이 즐거웠다. 퇴근길 함께하는 맥주가 좋았고, 밤새워 일하면서도 응원해주는 서로가 좋았다. 물론 일이 재미없었다면 가능하지 않았을 시간이다. 돌이켜보니 그때의 나는 반짝반짝 빛났다.

늘 숨었다고만 생각했는데 아니었다. 난 언제나 마음의 소리에 귀를 기울였다. 지금 가고 있는 길이 옳은가. 하고 싶은가, 좋아하는가, 라는 질문을 던지며 나의 길을 닦아왔다.

결혼 후 아이를 낳고 앞이 보이지 않는 길 위에서 헤맸던 날들이 있다. 물어도 대답 없는 나에게 혼잣말만 되풀이하던 그때의 난 한 발짝도 내밀 수 없을 것만 같았다. 하지만 결국 모든 길은 어디로든 가게 되어있다. 가는 길 위에서 생각지도 못했던 이들과 손을 잡기도 하고, 새로운 길이 생겨나기도 한다. 막다른 길 위에서 쉼을 통해 얻는 것들도 있다. 이젠 그 과정이 무엇보다 중요하다는 걸 알기에, 이정표를 썼다 지우기를 반복하면서도 한 발을 내민다.

우리의 수다

└ 진미   뭐든 10년을 하라고 하지. 난 영화관에서 3년 더 버텨서 10년 채워야 했나?

└ 미영   강산이 변한다는 10년의 시간을 웹디자이너로 지냈다니 멋지다. 난 길게 일한 적이 없어서 그런 사람을 보면 경이롭게 느껴져!

002

기록이 책이 되다

동네 그림책방에서 '그림책에세이 쓰기' 강연을 하게 되었다. 책방 대표님은 '그림책에세이 쓰기'라는 문구 앞에 '기록의 힘'이라는 글귀를 붙여주었다. 자료를 준비하며 가만가만 생각하다 보니, 쭈그려 앉거나 엎드려 끄적이던 어린 날이 떠올랐다. 나란 사람은 무언가를 기록하는 것, 쓰는 것을 좋아한 사람이었다. 그리고 그 일을 아주 쉼 없이 ル순히 해왔다.

초등학교 때의 난, 다른 아이들은 그리도 싫어하던 일기 쓰기를 좋아했다. 그림 그리고 글을 쓰는 게 재미있었다. 그래서 항상 일기와 관련된 상은 휩쓸었다. 고학년이 돼서는, 용돈을 모아 산 자물쇠가 달린 비밀일기장에 이름까지 지어주고 편지를 쓰듯 일기를 쓰기도 했다. 일기를 통해 불안하고 힘든 감정을 해소하지 않았나 생각한다. 지금도 글쓰기는 나에게 그러한 역할을 톡톡히 해주고 있다.

친구들과 나누던 손편지도 커다란 상자째로 보관 중이다. 편지를 드리면 늘 답장을 해주시던 국어 선생님. 선생님 앞에서는 수줍음이 많아 말도 제대로 못 하던 나는, 매일같이 편지로 마음을 전했다. 나의 모든 글을 읽고 답장을 해주신 선생님께 감사하다. 지금도 여전히 선물에는 손편지를 함께 전한다. 사랑한다는 말 한마디 오가는 게 힘들었던 엄마와도 작은 쪽지 안에서는 살가운 표현들이 오가기도 했다.

학창 시절 책을 좋아하거나 많이 읽는 편이 아니었다. 독후감 숙제가 있으면 읽기 귀찮아 줄거리만 대충 읽거나 친구에게 내용을 듣고 독후감을 제출하기도 했다. 놀라운 일은 그런 나에게 '상'이라는 선물이 따라왔다는 것. 그땐 그것이 우연히 내게 주어지는 선물이라고 생각했다. 그때도 지금도 난 '기록병'이라고 할 만큼 공간만 있으면 무언가를 써나간다. 우연이 아닌 별것 없는 작은 습관들이 쌓인 결과가 아닐까 생각한다.

회사 다닐 때도 출근하자마자 하는 일은, 다이어리를 펼치고 오늘 할 일을 쭉 적어보는 것이었다. 회의 시간에도 꼼꼼히 적은 글들은 나의 하루를 탄탄하게, 의미 있게 만들어 주었다. 어디 오프라인뿐이겠는가. 각종 SNS는 사용해보지 않은 것이 없다. 아이를 낳고 나서는 블로그의 세상에 빠지게 되었다. 육아일기부터 리뷰, 서평 그리고 내 일상의 글들로 채워져 갔다. SNS를 최대한 활용해 내가 보고 듣고 느낀 것들은 글로 남기고 있다. 이런 기록들은 쓰면서 생각을 정리하고, 나와 주변을 한 발 뒤에 서서 바라볼 수 있게 해준다.

각종 온라인 기자단 활동 또한 글쓰기의 재미를 주었다. 일상을 담은 글과는 다르게 세상을 객관적으로 보는 힘이 생긴다. 지역 소식지의 기자활동을 하고 있다. 이 또한 나에게 새로운 글쓰기에 대한 도전이다. 온라인과는 다른 매력이 있다. 조금 더 조심스럽고, 신중히 임하게 된다. 요즘은 브런치라는 온라인 공간에도 쓰고 싶은 이야기를 써나가고 있다. 쓰고 싶은 마음만 있다면 어디든 쓸 공간이다.

자판을 두드리다 보면 생각의 속도보다 손이 움직이는 속도가 빨라, 미처 정리되기도 전에 검은 글씨들이 모니터 속에 자리할 때가 있다. '나의 무의식 속의 존재들이 외출을 감행하는 것'이리라, 내 멋대로 정의했다. '어떻게 쓰지? 첫 문장은 무엇으로 하지?'라는 고민을 할 틈 없이 다다다다 들려오는 자판 소리에 손가락은 리듬에 맞춰 춤을 춘다. 내 안에 자리했던 고민과 확신, 여러 갈래의 생각들이 점점이 생겨난다. 어느 날은 내용이 무엇이든, 까맣게 채워진 글을 보며 자신감을 얻기도 한다. 다시 읽으며 반 이상을 날려버리기도 한다. 컴퓨터 폴더 속 깊숙이 숨겨놓기도 한다. 난 이 모든 행위 속에서 마음을 챙기고 또 챙긴다.

스마트폰 속 메모장은 언제나 꽉꽉 들이차 있다. 오늘의 할 일, 내일의 할 일, 앞으로 할 일을 넘어, 순간순간 떠오른 느낌이나 글귀들을 적어놓는다. 순간의 것들은 시간이 지나고 나면 먼지처럼 사라져버린다. '조금 이따가 적어야지.', '설거지만 다 하고 써야지.' 하다가 '그게 뭐였더라.'라며 놓치고 아쉬워한 것들이 얼마나 많은가. '아, 이거야. 이건 적어놔야 해.'라는 마음이 드는 순간 재빠르게 손가락을 움직여 그것들에게 자리를 마련해 준다.

그래도 손으로 쓰는 것만큼 좋은 것은 없다. 펜을 이용해 쓰다 보면 쓰는 속도가 느릴 수밖에 없다. 휘갈겨 쓰는 동안에도 컴퓨터 속 검은 글자와는 다른 '느림'이 존재한다. 그 느린 시간 속에서 머무는 순간이 좋다. 생각을 빼고 더하는 시간, 마음을 엮고 엮는 시간.

찾아보기 쉬운 온라인 기록과는 다르게 손으로 기록한 것들은 찾아보기가 힘들다. 그래서 흩어져 있는 메모들을 주제별로 나눠 노트 기록을 하고 있다. 글감, 각종 아이디어, 그림책 모임, 취재 노트, 강연수강 노트…. 독서 노트는 죽음과 철학, 심리학 등으로 세분화해 기록하기도 한다. 이렇게 주제별로 나눠 기록하다 보니 자동으로 자료화가 되어 좋다. 마우스를 움직여 내리읽는 글과는 다르게 종이를 손가락에 감아 넘기는 느낌이 좋다.

둥둥 떠다니는 것들을 글로 써 자리에 안착시키고 나면, 복잡했던 머리와 마음은 정리되고, 고구마를 먹은 듯 답답했던 마음이 시원하게 내려간다. 그리고 그 글들은 다양한 형태로 되살아나 삶 곳곳에서 일상을 빛나게 하고 있다. 내가 꾸준히 기록하고 글을 쓰고 있는 이유일 것이다.

어린 시절 일기로 시작해 책을 쓰기까지, 특별할 것 없는 매일의 끄적임이 나의 하루를 그리고 나를 특별하게 만들어 주었다.

글을 쓴다고 하면 왠지 긴 글을 써야 할 것 같고, 컴퓨터를 켜야 할 것 같고, 커피를 한 잔 마셔야 할 것 같다. 많은 생각 끝에 글이 되어 나올 것 같다. 하지만 반대다. 글을 쓸수록 생각하게 된다. 내가 쓰는 글을 따라 생각은 점점 영역을 넓히고, 그것은 다시 글이 되어 돌아온다. 사전준비는 필요 없다. 뭔가 거창한 것이 아니더라도 자주 펜을 들기를, 타자를 두드리기를 바란다.

글 안에 존재하는 당신을 만나길 바란다.

우리의 수다

└ 진미 나도 일기장을 모아뒀어. 하지만 언젠가는 과감히 버
       릴 생각을 갖고 있어.

└ 미영 맞아. 매일의 끄적거리는 게 나를 특별하게 만들어
       주는 거 같아.
       요즘 더 기록의 힘을 느끼는 중이라 나도 더 열심히
       기록해 보려고 해.

003

작가라는 탈

첫 책이 나오고 나서 나를 '작가'라고 부르는 이들이 생겼다. 귀에 꽂히는 그 단어가 기분 좋은 듯 맞지 않는 옷을 입은 것처럼 어색했다. 그리고 두 번째 책(공저)을 품에 안았다. 부담이라는 것이 생겼다. 내 이름이 적힌 책을 한 권 내고 싶었고 어쩌다 계속 글을 쓰며 책을 준비하는 이가 되었지만, 내가 그리던 작가와는 조금 다른 모습으로 작가라는 탈을 쓰며 살고 있다.

나의 글은 작은 기록으로 시작되었다. 밥을 먹고, 누군가를 만나고, 영화를 보고, 잠을 자는 일상의 평범한 순간들. 어찌 보면 사소한 이야기들이지만, 남겨놓지 않으면 며칠 뒤 내 것이 아닌 듯 사라져버릴 기억들이다. 하지만 글로 남기며 더 진하게, 깊게 자리한다. 더불어 나라는 사람을 깊이 들여다볼 수 있는 시간을 가지게 된다. 용서하고, 부딪히고, 토닥이며 지금의 나를 바로 세울 수 있게 해준다. 글은 그런 힘을 가지고 있다.

아픈 구석이 생기면, 꺼내보기 싫은 일들이 닥쳐오면 글을 쓴다. 모른 척한다고, 덮어둔다고 사라지지 않는 것들. 그때그때 알아차리는 것만으로도 그 무게는 한결 가벼워진다. 알고 나면 다가가기 쉽고, 가벼워진 상처는 아물기 쉽다. 내 마음 상태를 누구보다 잘 아는 건 자신이다.

일상에서 좋은 것들을 길어 올리고 싶을 때면 글을 쓴다. 글자로 채워나가며 작았던 크기는 점점 커지고, 얕디얕았던 깊이는 점점 깊어진다. 손가락에 힘이 붙고, 마음에도 근육이 붙는다. 쓰는 순간도 좋지만, 그것들은 시간이 지나고 재회할 때 더 큰 힘을 발휘한다. '그래, 이런 괜찮은 것들로 채워진 하루도 있었지. 오늘도 힘내어 볼까.'

그렇게 난 나를 위해 글을 썼다.

첫 책은 누군가에게 전할 메시지 같은 건 담을 새도, 그럴 마음의 크기도 가지질 못했다. 그저 '이렇게 살아가는 사람도 있습니다. 크고 작은 상처를 극복하고, 특별할 것 없는 평범한 하루하루를 보내는 사람도 그 안에서 작은 행복들을 찾으며 살아가고 있습니다.'에서 더 나아가질 못했다. 늘 그것이 먹다 만 밥처럼, 덜 마친 숙제처럼 찜찜하고 아쉬운 마음으로 자리했다.

　뒤늦게 '작가란?'이라는 물음표를 품게 되었다.
　나는 왜 글을 쓰는가?
　작가란 무엇인가?
　나는 작가인가?

　작가란 글이 가진 힘을 나눌 수 있어야 한다고 생각한다. '나'를 위한 글에서 '당신'을 위한 글이 되기도, '우리'를 위한 글이 되기도 하며 글이 가진 힘을 함께 누릴 수 있어야 한다. 그런 의미에서 나는 '작가'라고 하기엔 여전히 턱없이 부족한 어딘가에 자리하고 있다. 첫 책이 나오고 나서는, 세 권 정도의 책을 쓰면 '나는 작가입니다.'라며 당당히 말할 수 있을 줄 알았다. 스무 살이 되면 어른이 되는 줄 알았던 어린 날처럼. 하지만 덜 자란 어른, 덜 익은 심지, 미완성의 레고 작품, 아직 열매 맺지 못한 나무…, 이러한 과정 안에서만 가능한 것들이 있다. 모자란 듯 덜 숙성된 그 어디쯤에서만 보이고 느껴지는 것들. 그것들을 놓치지 않고 잡아두려 한다. 이러한 과정을 거쳐야만 '다음'이라는 역을 향해 나아갈 수 있다. 여전히 작가라는 이름 앞에 서면 작아지는 나지만, 이젠 부끄러워하지 않기를 다짐한다. 어디에서든 작가로 불러주는 것에 감사하고 익숙해지기를….

그러기 위해서는 숫자보다 더 중요한 '무엇'을 위해 고민해 볼 필요가 있겠다. '그림책 글쓰기' 수업에서 들었던 '작가로서의 책임'이 그러할 테고, 나라는 사람의 '삶의 태도와 신념'이 그러할 테다. 나에게 글을 쓰는 것이 치유의 과정이라면, 책을 준비하는 일은 견디고 이겨내며 성장하는 과정이다. 아직 설익은 나를 숙성시키고 다듬기 위해 시간을 내어 쓴다. 그 안에 단단한 씨앗을 담아내려 노력하고, 부족한 부분을 채우려 노력한다. 여전히 배우고 도전하며 글을 쓰고 있다.

어느 날 나에게 씌워진 탈이 무겁고, 부끄러워 벗어버리고 싶었다. '이것은 내 것이 아닙니다. 주인을 잘못 찾아왔네요.' 못된 버릇이 불쑥불쑥 튀어나왔다, 남과 비교하고 작은 실수들을 끄집어내며 두 손으로 얼굴을 가리기 바쁠 때가 있었다. 하지만 아무리 벗으려 해도 이미 씌워진 녀석은 쉽게 떠나려 하질 않는다. 오히려 조금씩 나에게 맞게 변형되고, 색이 더해지며 괜찮은 탈이 되어가고 있다. 나만이 느낄 수 있는 아주 미세한 변화이다.

누군가 말했다. 작가란 글을 쓰고 있는 사람이라고. 나를 위해 썼고 부끄럽지 않기 위해 썼다. 이젠 글의 힘을 나누기 위해 쓰고 또 쓰는 일을 해보려 한다. 나에게 씌워진 탈을 고이 품고.

다음은 무슨 역일까.

우리의 수다

└ 진미 우리 엄마는 초등학생 때부터 나를 '작가님'이라고
불러주셨어. 글짓기 대회에 낼 글을 쓰고 있으면 뒤
에서 그렇게 불러주셨지.
'교수님'이라고 불러주셨으면 대학에서 강의를 하고
있었을지 몰라.
아웅. 그렇게 불러 달라고 할 걸. ㅋㅋㅋ

└ 미영 첫 책을 쓸 때의 느낌과 두 번째 세 번째 책을 쓸 때의
느낌이 다른 거 같아.
한 권, 한 권 채워질 때마다 조금 더 성숙한 작가가 되
어갈 거야. 그렇게 믿어.

004

그림책과 글쓰기

　어느 날 아이를 무릎에 앉히고 도서관에서 빌려온 그림책을 읽어주다가, 그림책 속 한 장면에서 눈물을 쏟아냈다. 미처 준비하지 못했던 마음. 평소보다 예쁜 목소리로 아이를 향해 다정히 읽어주던 내가 감정에 복받쳐 엉엉 울고 말았으니, 나도 나지만 아이도 놀랐을 것이다. 끝까지 읽지도 못하고 책장을 덮었다. '나 왜 울었지?', '이거 뭐지?'. 그날 이후였던 것 같다. 그림책은 아이들만을 위한 것이 아니게 되었다.

　좋은 그림책이 이리도 많았던가. 책장을 채우던 아이들을 위한 그림책은 언제부터인가 내가 좋아하는 그림책으로 채워지기 시작했다. 꽂혀 있는 책등만 봐도 기분이 좋아진다.
　아이들이 등원하고 나면, 으레 앉아 그림책 한 권을 넘겨보았다. 같은 그림책임에도 어제와 다른 이야기를 건넨다. 내 감정, 나의 고민을 누구보다 빨리 알아차리는 너란 놈, 남편보다 낫다.

우리는 누구나 크고 작은 상처를 안고 살아간다. 하지만 그것을 밖으로 드러내기란 쉽지 않은 일이다. 어른이 된 우리는 아프다고 말하는 것, 힘들다고 말하는 것을 두려워한다. '어른다움' 뒤에 숨어 감정을 모른 체하기 일쑤다. 하지만 그림책 안에서는 누구나 솔직해질 수 있다. 아이를 안고 펑펑 울던 예전의 나처럼.

상심에서 벗어나는 가장 자연스럽고 효과적인 방법은 슬픔이 빠져나갈 수 있는 길을 열어주는 것이다.

노먼 빈센트 필 《긍정적 사고방식》 중에서

그림책은 나에게 그러한 '길'과도 같다. 행복한 육아 뒤에 숨은 우울하고 불안한 나를 정면으로 마주할 수 없던 나에게 그림책이라는 친구는 '이게 너야.'라며 깨끗하게 닦인 거울을 내밀었다. 못난 내 모습을 보며 '그래, 이게 나구나. 이게 나였구나. 참 힘들었겠다.'라며 인정하고, 위로하고 그를 넘어 응원할 힘을 주었다. 그림책은 내 삶에 조금씩 스며들었다.

나에게 책을 쓴다는 건 '언젠가는 이루겠지'라며 한쪽 구석에

놓아두었던 꿈 중 하나였다. 미영이 함께 듣자던 '글쓰기 수업' 그것이 시작이었다. 수업 때마다 동기부여를 듬뿍 받은 우리는 '쓸 수 있다'라는 자신감으로 가득 찼다. '어떤 주제로 책을 쓸까'라는 고민은 잠시. 바로 '그림책'이 떠올랐다. 지금 내가 좋아하고 빠져있는 그림책. 그림책 관련 책들을 찾아보기 시작했다. 전문가들의 해석들, 솔루션들이 함께 담긴 책들 안에서 자신감은 저만치 멀어져갔다. 나는 당시 그저 그림책을 즐기던 독자일 뿐이었다. 그림책으로 커다란 무언가를 안겨주기엔 턱없이 부족한 사람. 그때 글쓰기 선생님께서 해주신 말씀은, '나의 이야기'를 쓰라는 것, 그것만으로 충분하다는 것이었다. 그렇게 그림책에 기대어 나의 이야기를 써 내려갔다.

살면서 얼마나 힘든 일이 많은가. 특히나 여자는 결혼 전과 후 많은 것이 달라진다. '연애할 때의 그가 맞던가?' 생각지도 못했던 '다름'에 힘들고, 처음 해보는 엄마 역할에 대한 부담감, 집안일에 치이고, 워킹맘이라면 직장에서도 치이고. 지금 현재 나에게 주어진 것들만 해도 많은데, 그것뿐 아니라 이미 오래전에 생긴 마음의 생채기들도 수시로 올라온다.

이 모든 것들을 마주하고 보듬어주는 치유의 시간이 필요하다.

내 안의 나와 마주하는 방법, 마음 건강을 지키는 방법은 저마다 다를 것이다. 영화를 보거나, 책을 읽거나, 좋은 그림을 보거나, 여행하는 것. 나에겐 그림책과 글쓰기가 그러했다. 책을 쓰며 더 확실히 깨달았다. 이 둘은 찰떡궁합이라는 것을 말이다.

그림책 속에서 만난 나를 꺼내어 글로 써 내려간다. 그림책 이야기와 나의 이야기, 그림책 속 인물과 내가 하나가 되어 깊숙한 곳의 나를 한껏 끌어낸다. 그렇게 한바탕 이야기를 채우고 나면 시원하고, 후련한 마음, 다시 일어설 힘이 생겨난다.

《나는 힘이 들 때 그림책을 읽는다》는 그림책을 통한 자가 치유서이자 엄마의 삶을 사는 모두의 이야기이다. 원고를 안고, 보잘것없는 나의 이야기를 누가 좋아해 줄까 고민했다. 세상 모든 사람이 나의 이야기를 좋아해 줄 수는 없다는 현실을 직시해야 한다. 하지만 책을 읽은 이들의 서평을 읽다 보면 감사한 글들이 많다. 소소한 이야기에 누군가는 함께 공감해주고, 누군가는 응원을 건네준다. 힘을 얻었다고, 나누어 주어 감사하다고 말이다.

무엇보다 나의 이야기를 세상 밖으로 내놓으며 나를 믿는 힘이 생겼다. 작은 바람에도 휘청이며 주저앉던 아이는 아장아장 한 걸음씩 앞으로 나아갈 수 있게 되었다.

베스트셀러 안에 담긴 글만이 좋은 글이 아니다. 한 사람의 마음을 움직일 수 있다면 그걸로 충분하다. 다양한 사람들의 이야기가 세상 밖으로 흘러나오면 좋겠다. 경제적으로 성공한 사람들, 인지도가 높거나 권위가 있는 이들의 이야기가 아닌, 우리가 일상 속에서 마주할 수 있는 이웃 사람들의 이야기. 함께 울고 웃으며 응원을 해주고픈 이야기들이 빛을 보면 좋겠다. 나와 함께 살아가고 있는 이들에게 따스한 안부를 전할 수 있다면 좋겠다.

그래서 용기 내 작은 글쓰기 수업을 준비하고 있다. 물론 준비 과정에서 미영과 진미의 조언은 내게 큰 힘을 주었다. 그녀들의 진심 어린 조언에 감사를 전한다. 그림책의 힘, 함께하는 이들의 힘에 기대어 나의 이야기를 꺼내어 볼 수 있는 시간을 열어드리고자 한다. 어떤 사람들을 만나게 될지, 어떤 이야기를 듣게 될지를 기대하며 그들에게 건네줄 말들을 모으는 중이다.

나의 응원이 전해지기를, 함께 행복한 세상이 오기를.

우리의 수다

ㄴ 진미 난 《엄마가 화났다》를 읽고 울었어. 진짜 많이 울었어. 주인공 아이가 남자라서 더 공감했던 것 같아. 아들 엄마라면 《언제까지나 너를 사랑해》와 《엄마가 화났다》를 읽으면 좋겠다.

ㄴ 미영 그림책의 매력을 느끼지 못했다가 지해의 책을 읽고 알게 되었다지.

005

그림책으로 모이다

그림책을 펼치는 이유는 저마다 다르다.

그림이 좋아서, 짧지만 깊은 글이 좋아서, 아이들과 함께 나눌 수 있어서, 재미있어서…. 나 또한 다른 바 없지만, 나에게 그림책이 주었던 가장 큰 선물은 '치유'가 아닐까 생각한다. 그림책을 가만 들여다보며 힘듦을 더 깊이 들이마시기도 하고, 작은 재치와 유머에 커다란 걱정거리가 와르르 무너지기도 한다. 피식 여유 있는 웃음이 생겨난다. 이 좋은 그림책을 누군가와 나누고 싶다는 바람이 생겼다. 나와 같이 육아에 허덕이고 있을 엄마들, 그림책을 좋아하는 어른들과 함께할 수 있다면 좋겠다는 바람. 도서관에서 동아리 지원을 해준다기에 신청서를 써 내려갔다. 그림책 모임, 비어있던 칸을 채우며 동아리 일 년의 계획까지 세우게 되었다. 덕분에 막연했던 모임을 어떻게 이끌어 갈지, 어떤 주제로 어떤 그림책을 나눌지까지 정리가 되었다.

첫날의 설렘을 기억한다. 누가 함께하게 될까. 이 시간과 공간을 어떻게 채워야 할까. 한 분이 오셨다. 그림책 모임이라고 하니, 아이들에게 읽어주는 방법 등을 공유하는 모임인 줄 알았나 보다. '제가 왜 이런 말을 하고 있죠?' 그날 불쑥 어디에서도 꺼내놓지 못하던 마음을 꺼내놓으시고는 다음 모임부터는 얼굴을 내밀지 않았다. 그림책의 힘은 존재했지만, 그것을 품어줄 수 있는 나의 힘이 부족했다. 흑역사라면 흑역사랄 인연들을 거쳐, 여러 인연과 미영, 진미가 함께하며 단단해졌다. 그림책을 나누며 서로의 이야기를 들어주고 나의 이야기를 들려주는 모임으로 다져가고 있다. 그 안에서 난 누군가를 위해 내어주는 마음을 받고, 나 또한 그러한 사람이 되고 있음을 깨닫는다.

누군가와 깊이 나눌 수 있으려면 '나 홀로 그림책 사랑'이 아닌, 체계적인 배움이 필요하다는 생각이 들었다. 무언가에 관심이 생기면 관련 정보들만 눈에 들어오게 되어있다. 그림책테라피스트, 그림책지도사, 그림책놀이지도사, 스토리텔링그림책지도사, 그림책심리지도사, 책놀이지도사, 동화구연지도사, 그림책큐레이션 등등 다양한 기관에서 다양한 인재를 양성하고 있다. 그중 나의 바람과 잘 들어맞는 건 그림책테라피스트였다.

그림책에 관심 있는 성인들이 생각보다 많다. 그림책으로 할 수 있는 일 또한 다양하다. 애정하던 블로그 이웃이자 그림책 출판기획사의 모집공지를 보고 망설임 없이 도전했다. 다양함 속에서 내가 택한 그림책테라피스트 양성과정은 탁월했다.

그곳, 마더북과의 인연을 통해 그림책을 아끼고 사랑하는 이들과의 소통이 자연스레 이루어지고 있다. 만나고 배우고 다독이며 나를 그리고 서로를 응원하게 된다. 그림책 하나로 이렇게 단단히 엮일 수 있다니 늘 놀랍다. 그림책에 관한 관심과 사랑을 넘어 배움이라는 것을 끌어들이고 나니, 내가 꾸리는 모임들도 조금씩 단단해져 감을 느낀다.

새벽에도 그림책으로 모인다. 매일 각자에게 다가온 그림책을 읽고 카톡으로 공유한다. 일주일에 한 번은 온라인 화상프로그램으로 그림책을 나누고 있다. 참여자들의 새벽 시간을 찾아주는 모임으로 기획했지만, 어느새 나와 그들 사이 끈끈한 무언가가 차오름을 느낀다. 새벽에 함께하는 모임 시간이, 하루 중 큰 위로라는 한 분의 말씀이 떠오른다. 그림책 이야기와 더불어 서로의 고민을 들어주고 응원하는 자리가 되어가고 있다.

그림책 그리고 같은 동네 주민으로 만난 인연들도 있다. 셋이 모여 아직 이룬 건 없다. 답을 찾아가는 설레는 과정 중에 있다.

그저 그림책이 하나의 연결고리가 되어 주었다.

그림책은 순수하다. 그 앞에 서면 때 묻지 않은 모습으로 자리하게 된다. 가볍지만 절대 가볍지만은 않다. 누구나 쉽게 다가갈 수 있지만 쉽게 빠져나오진 못한다. 고로 그림책을 인연으로 만난 이들은 모두 '그림책스럽다'. 그 '그림책스러운' 분위기가 좋다.

그래서 별거 없지만, 그림책을 사이에 두고 모일 수 있는 모임들을 계획하고 참여하고 있다.

일반서 독서모임과 그림책 모임은 성격이 조금 다르다. 함께 모여 누군가가 읽어주는 책을 듣고 본다는 것이 가장 큰 차이일 테다. 한 권을 온전히 그 자리에서 함께한다는 것, 눈과 귀를 모두 활짝 연다는 것. 그림책을 '함께 듣고', '함께 본다'는 것이 가장 매력적이다. 쉼표가 가득한 시간 안에서 마음은 말랑말랑해져 간다.

마음 맞는 이들을 만나는 건 쉬운 일이 아니다. 하지만 세상엔 나와 맞는 이들만 존재하지 않는다. 모임 안에서는 그림책이 사람과 사람을 이어주는 매개체가 되어준다. 나와 다른 사람, 나와 다른 생각을 내 삶에 자연스레 물들인다. 내가 보지 못하고, 듣지 못하던 세계로 나를 초대한다. 우리는 읽고 나누며 괜찮은 어른이 되어 간다.

어떤 커다란 목표를 세우기보다는 지금 하고 싶고 할 수 있는 일을 해나가는 것, 그것이 내 삶의 모토이다. 그림책으로 마음을 나누고픈 나의 바람이, 소소한 그림책 서평으로 시작해, 그림책 모임으로, 책으로 그리고 그림책테라피스트로 이끌어 왔다.

시작하면 어떻게든 내가 원하는 방향으로 흘러간다.
지금 하고 싶은 일이 있다면 망설이지 말고 도전해보자.

우리의 수다

ㄴ 진미　　그림책이 부담될 땐 동시를 추천!

ㄴ 미영　　정말 하고 싶은 일이 있다면 망설이지 말고 도전하는 게 중요한 듯해.

006

1일 1그림
가능해?

아이를 키우며 그림책을 가까이하게 되었고, 관심을 두게 되었다. 더 깊이 공부해보고 싶어졌고, 더불어 그림책을 작업해보고 싶다는 원대한 꿈도 생겼다. 글도 글이지만 그림에 대한 자신감이 부족했다. 준비하고 싶은데 나 홀로 무언가를 꾸준히 한다는 건 쉽지가 않았다. 그러던 중 《별것도 아닌데 예뻐서》의 박조건형 작가님과 이억배 그림책 작가님의 북토크에 참여하게 되었다. 그 시간을 통해 그림을 그린다는 것이 꼭 잘 그리기 위함이나 어떤 스킬을 키우기 위한 것이 아니라, 내 삶을 돌아보고 나를 위한 시간을 갖기에도 좋은 통로가 될 것 같다는 생각을 하게 되었다.

이억배 작가님이 북토크에서 하신 말씀이 나에게 작은 불씨를 건네주었다.

"스케치는 시간을 멈추게 하는 마력이 있다."

몇 년간 한 나무를 꾸준히 그리신 작가님, 분명 같은 자리에 있는 같은 나무인데 시간이 흘러감에 따라 그림 속 나무는 다른 모습으로 다른 이야기를 하고 있다. '난 내 주변을 이리 깊이 들여다보고 관찰한 적이 있는가?'라는 물음표가 생겨났다. 나에게도 분명 필요한 순간들임을…. 나를 위해 도전해보기로 했다,

혼자서는 힘드니 함께할 이들을 모집했지만 아무도 내가 내민 손을 잡아주지 않았다. 홀로 100일을 채워나갔다. 그리고 100일 후, 내 곁엔 함께하는 이들이 하나, 둘 자리했다(1일 1드로잉 함께프로젝트 '내가그린기린그림'). 그들 덕에 포기하지 않고 지금까지 매일 그림을 그리고 있다.

처음엔 다른 사람의 그림을 따라 그리거나 무언가를 그대로 똑같이 그리려고 하던 나였다. 시간이 지나면서 그리고 싶은 재료로, 그리고 싶은 것을, 내 느낌을 담아 그리게 되었다. 하고 싶은 이야기를 그림으로 표현할 수 있게 되었다. 글과 그림은 나와 잘 맞는 이야기 방식이다.

그림은 그린 이의 삶

그림마다 그린 이의 삶이 담겨있다. 삶을 어떻게 바라보고 대하는지, 곁에 두고 있는 것은 무엇인지. 누구에게나 하루라는 시간이 주어지지만 누구에게나 같은 하루는 아니다. 나에게 그림을 그리는 시간은 하루 중 좋은 것들은 품고 좋지 않은 것들은 흘려보내는 시간이다. 그림과 글을 만나면서 그저 그런 하루가 더 특별해지고, 풍요로워지고 단단해지고 있다. 어느 날은 우울한 기분에 따라 차분하고도 차분한 색들이 흰 종이를 채운다. 어느 날은 사랑하는 이들의 웃는 모습이 자리해 있다. 해 뜨는 것부터 지는 것까지도 마음에 담을 수 있는 여유가 생겼다. 주변을 주의 깊게 관찰하다 보니, 소소한 것들에게 마음을 내어주게 된다. 나의 삶을 조금 더 깊이 바라보게 된다.

우리는 모두 예술가로 태어난다

매 프로젝트 멤버 모집 시, 신청자 중 이런 질문을 하는 이들이 있다.

"저 그림을 잘 못 그리는데. 그래도 신청 가능한가요?"

우리는 어린 시절 잘하는 것, 좋아하는 것이 넘치도록 많았다. 세상 모든 것이 재미있고, 잘할 수 있는 일들이다. 하지만 자라면서 누군가의 평가에 잘하고 좋아하는 것들이 줄어들게 된다. 많은 이들이 그림을 어렵게 생각하는 이유도 이 때문이 아닐까.

그렇다. 하얀 종이 위에 쉽게 선 하나 긋지 못하는 이유는 '잘 그려야 해'라는 생각 때문이다. 누군가의 평가에 움츠러들 내가 보이기 때문이다.

함께하는 이들의 그림은 다양하다. 책상 위의 곰 인형, 작은 가방, 커피 잔, 산책길 만난 꽃, 가족 그리고 마음속에서 생겨난 무엇들. 처음엔 무얼 그릴지 헤매던 이들도 하나, 둘 주변의 것들을 그려나가기 시작한다. 그리고 그 안에 한 줄씩 글도 써나가는 여유까지 생긴다. 시작과 끝의 그들은 분명 달라져 있다. 개인차가 있겠지만, 내가 행하는 것들에 붙었던 '잘'이라는 한 글자가 희미해졌다는 걸 알게 된다. 그들의 변화는 곧 나의 변화이다. 나 외에 다른 이를 볼 수 있는 넓고 깊은 눈이 생겼다.

우리는 모두 예술가로 태어난다. 그림을 그린다는 것, 시를 쓴다는 것. 유명한 화가나 시인만의 세상이 아니다. 누구나 붓을 들 수 있고, 펜을 들 수 있다는 걸 잊지 않았으면 좋겠다. 타인의 시선에서 벗어나 자유로움 속에서 '나'와 '세상'을 만나기를 바란다.

그림은 세상과의 소통

누구에게나 열린 공간에 매일의 그림을 올리고 있다. 예전 같으면 창피하거나 부끄러워서 피했을 일일지도 모르겠다. 그림을 그리며 하루를 기록하고 그림 실력을 쌓아보고 싶은 마음이 다였다. 하지만 나의 그림들은 생각했던 길로만 계획했던 대로만 흘러가지 않는다. 그토록 힘들어하던 타인의 시선이, 나도 모르는 사이 내 주변을 맴돌고 있다는 것이다. 누군가 나에게 말했다.

"그림 잘 보고 있어요. 매일 매일 다른 그림이 올라오는 거 보면서 너무 힐링이 돼요."

의외였다. 바쁜 일상을 살아가는 그녀가, 내 그림을 볼 새도 없을 것 같은 그녀가 매일같이 그림을 보고 있었다니. 마음 가는 대로 그리고 쓴 이 작은 기록들이 누군가에게는 의미 있는 것이 될 수 있다는 걸 알게 되었다. 나에겐 작은 '소명'이라는 것이 생겼다. 그것을 품고 내가 할 수 있는 이야기, 할 수 있는 일을 해나가고 있다.

그림은 나의 이야기를 담을 수 있는 그릇이자, 세상과 나를 이어주는 굵고 긴 끈이다.

우리의 수다

└ 진미   누군가 우리를 보며 힐링을 느낀다는 것.

└ 미영   처음의 어색함을 딛고 매일 그림 한 장을 그려내는
         지혜의 꾸준함을 칭찬해.

007

캘리 + 테라피

<u>드르르르르르.</u>

스마트폰 진동이 울렸다. 캘리그라피 스승님의 전화이다.

"지해 씨, 잘 지내지? 요즘 뭐 해?"
"선생님, 오랜만이에요. 잘 지내고 있어요."
"다름이 아니라 노인복지관에 강사 모집 중이라는데, 지해 씨 생각이 나서 전화했지."

몇 해 전 문화센터에서 캘리그라피 수업을 듣고, 지도사 자격증까지 취득했다. 학교나 센터 등에서 원데이클래스로 수업을 해보았지만, 전담하여 오랜 시간 수업을 지도해본 적은 없었다. 망설이는 마음이 먼저 다가왔다.

"지해 씨 정도면 충분해. 내가 할 만하니까 전화를 했지. 한 번 지원 해봐요."

뭐든 하는 과정 안에서 성장한다는 걸 알면서도 가끔 망설여질 때가 있다. '하지 못해'라는 쪼그라든 마음을 쭉 펴고, 기회를 잡아보기로 했다. 해당 기관에 지원서와 수업계획서를 제출하고 합격 통지를 받았다. 노인을 대상으로 한 수업은 처음인지라 수업준비를 하며, 관련 책을 찾아 읽고 그동안 해보지 않았던 것들을 공부하고 연습하는 시간을 가졌다.

단지 무언가를 배운다는 것을 넘어, 서로 소통하고 마음을 나누는 시간이 되기를 바란다. 지금도 충분히 무언가를 도전할 수 있고, 즐길 수 있다는 걸 전해드리고 싶다. 충분히 아름다운 시간을 보내고 계심을 알려드리고 싶다.

어딘가로 일정 시간에 출근을 해보는 설렘을 오랜만에 느꼈다. 첫인사를 어떻게 나눌까 고민하다가 내가 가장 편한 방법으로 다가가기로 했다.

"안녕하세요, 캘리그라피 강사 강지해입니다. 수업 시작 전 그림책 한 권 읽어드려도 될까요?"

소외계층을 대상으로 그림책을 읽어주고 싶다는 바람을 가져왔다. 어떻게든 바라는 건 이루어지나 보다. 그림책으로 인사하고 근황을 잠시 나누면 수업 분위기가 부드럽게 흘러간다. 자연스레 '당신'과 '나'의 사이가 좁혀지는 느낌이다.

캘리그라피는 글씨를 쓰는 것 보다 그리는 것에 가깝다고 생각한다. 그림 그리는 것과 같은 효과가 있다는 말이다. 거기에 좋은 글귀가 주는 에너지까지 더해져 마음을 꽉 채워준다. 나는 주로 그림책 속 글귀들을 옮겨 적는다. 그림을 머금은 글이 눈을 통해 머리로 마음으로, 다시 손을 통해 종이 위의 글씨로 내려앉는다. 그것들은 집 안 곳곳에 자리하며 마음에 꽃을 피운다. 수업자료를 준비하며, 어르신들께도 그림책 속에 담긴 아름다운 글귀를 자주 들려드려야겠다 다짐했다. 읽으며 한 번, 쓰면서 한 번, 쓴 것을 다시 보며 한 번. '나'와 대화를 나누는 시간이기도 하다. 수업 시간에 쓰는 것만으로도 충분히 마음 챙김이 가능하다. 그래서 캘리그라피 수업은 캘리테라피라 명해도 이상할 것이 없다.

내가 과연 그들에게 좋은 에너지를 전할 수 있을까 걱정했다. 첫 수업이 끝나고 깨달았다. 에너지는 서로 주고받는 것이란 걸. 차분히 또 집중해서 글 쓰는 모습을 보니, 아이처럼 해맑게 웃는 모습을 보니 나에게도 에너지가 전해졌다.

코로나 사회적 거리두기로 근 일 년 만에 나온 거라며 설레하시던 모습, 하다 보니 느는 것 같다며 화선지를 가득 채우고 또 채우던 모습, 이렇게라도 나와서 배우고 만나는 시간이 필요하다며 엄마를 떠올리게 하시던 모습을 뒤로 한 채, 수업은 거리두기 단계 조정으로 인해 다시 잠정적으로 쉼을 갖게 되었다.

그림책과 캘리그라피를 엮어 수업을 준비해보겠다며 이런저런 계획들을 종이 가득 채웠던 나였다. 바이러스가 세상을 뒤덮으며 계획은 물거품이 되었고, 다시 해나갈 힘조차 내보지 못한 채 시간이 무심하게 흘러갔다. 어르신들만 오랜만에 나온 게 아니라 나도 오랜만에 무언가를 도전하고 일어서려던 참이었다. 그런데 다시 '쉼'이라니.

차올랐던 생기가 시든 꽃처럼 메말라 가려던 참에, 복지관에서 연락이 왔다. 오랜 시간 어르신들을 만나지 못하게 되니 온라인으로 수업을 준비해 제공하고 있다고. 내가 하는 수업도 유튜브 촬영을 했으면 하는데, 나의 의견을 묻는다는 전화였다. 한번 기록되면 평생 '누구나'에게 공개되는 영상이라니 부담이 아닐 수 없다. 하지만 늘 답은 같다. 일단 기회가 오면 도전해보는 것이다. 안 되는 것들은 시작한 다음 생각해도 늦지 않다.

유튜브 첫 촬영본을 보며 후회가 밀려오기도 했지만, 그럼에도 불구하고 다음 촬영 일정을 잡아두었다. 불안한 시기인 만큼 마음 챙김이 중요한 시기이기도 하다. '우리'를 이루는 모든 이들이 자신의 삶을 건강히 다져갈 수 있도록 교육과 지원이 필요하다. 그곳에 내가 찍은 작은 점들이 단단히 자리할 수 있도록 한 발씩 나아가 본다.

우리의 수다

ㄴ 진미 디자인이나 캘리가 필요할 때 부탁할게. 부탁 받아줄 거지?

ㄴ 미영 뭐든 해보는 것과 안 해보는 것은 다르지.
앞으로 멋진 캘리그라피 강사로 발돋음 하길.

008

모임 지속을 위해

작은 모임들을 이끌어가고 있다. 별거 없지만 시작한 모임들은 여러 해를 거쳐 이어오고 있다. 나에게 맞는 인연들이 찾아오는 것이리라. 함께해주는 분들에게 감사할 뿐이다. 그래도 모든 걸 '인연'으로 묶기에는 아쉬운 점이 있다. '나'라는 사람의 노력이 곳곳에 숨어있다는 것. 내가 생각하는 모임을 오래 유지하는 방법을 몇 가지 적어본다.

내가 먼저 실천하기

앞에 나서 누군가를 이끄는 일은 나에겐 좀처럼 보기 힘든 모습이다. 부끄럽고, 소심하다. 혼자서는 똑 부러지게 잘 해내는 일도, 사람들 앞에서는 잘 흘려보내지 못한다. 이런 내가 수업을 하고, 모임을 하고 있다니 아이러니 한 일이 아닐 수 없다.

한 강의에서, 리더는 이끄는 사람이 아닌 실천하는 사람, 행동하는 사람이라 했다. 그 말을 듣고 자신감이라는 것이 생겼다. '그래? 이끄는 건 조금 모자랄지라도, 그 뒤에 오는 말들은 충분히 할 수 있겠는걸.' 계획하는 수업이나 모임들은 내가 좋아하는 일임과 동시에 멈춤 없이 해나갈 자신이 있는 것들이다. 따라서 난 모든 모임 안에서 실천하는 사람이자 행동하는 사람이 될 수밖에 없다. '이번 한 번쯤' 또는 '오늘 하루쯤' 하며 멈추지 않는다. 내가 했던 말, 전했던 마음들이 거짓이 되지 않기 위해 노력한다. 꾸준함과 진솔함, 내 강점이 모임을 오래 유지하는 가장 큰 비결이지 않을까 생각한다. 내가 좋아하고 오래 지속할 수 있는 것들로 모임을 만들어 보자.

인연을 소중히 여기기

온라인으로 새로운 그림책 모임 회원을 모집하며 걱정이 되었다. 그림책은 얼굴을 맞대고 책장을 넘기며 만나야 제맛을 느낄 수 있는데, 온라인에서의 모임이 그들에게 끌릴까, 라는 고민이 마음속에 자리했다. '내가 내민 손을 잡아 줄 이들이 있을까?'. 하지만 세상은 변했고 우리는 온라인이든 오프라인이든 누군가와 연결되길 바란다. 하나, 둘 신청 댓글이 달리기 시작하더니 모집 마감일엔 계획했던 인원이 채워졌다. 신청자들은 다름 아닌 매일 함께 그림을 그렸거나, 그리고 있는 사람들이었다. 온라인이지만 결국 사람과 사람 사이의 만남이다. 그간 쌓아온 인연의 끈을 놓지 않고 이어준 분들에게 감사하다.

모이는 이들은 관심사나 가치관이 비슷하다. 그래서 같은 얼굴을 다른 자리에서도 마주할 때가 많다. '여기에도 계셨네요!', '어머, 반가워요.' 하며 인연은 이어지고 이어져 결국, 건너 건너 다 아는 사람이 된다. 내가 먼저 손을 내밀기도, 그들이 내민 손을 잡기도 하며 '우리'가 된다. 지금 곁에서 함께하는 이들과의 인연은 여기에서 끝이 아니라는 걸 기억하자.

다양한 사람 수용하기

모임을 지속하다 보면 여러 유형의 사람을 만나게 된다. 미리 알려도, 시간을 늦춰도, 장소를 변경해도, 경고를 해도 늦는 사람은 언제나 늦는다. 준비 없이 오는 사람도, 뜻하지 않은 화제를 던져 분위기를 싸하게 만드는 사람도, 자신의 얘기만 늘어놓는 사람도 언제나 존재한다. 어쩌면 그중 하나가 '나'일 수도 있다.

다 내 마음과 같지 않다. 모임 구성 시 최소한의 지켜야 할 사항만 안내하고, 나머지 것들은 상황에 맞게 대처하는 편이다. 내가 생각하는 것이 모두 옳지 않을 수 있고, 내가 고집하는 것을 모두가 원치 않을 수도 있다. '함께한다'는 건 '나'와 '너'가 다르다는 것을 인정하는 것부터가 시작이다. 함께하는 이들에게 피해를 주지 않는 한도 내에서는 많은 것들을 수용하려고 노력한다. 수용하고자 하면 '함께'가 가능한 것이고, 그것이 힘들다면 울타리 밖으로 나갈 수밖에 없다. 그건 모임을 이끄는 자도, 모임에 참여하는 이들도 필요한 노력이다.

완벽함은 내려놓기

여러 경험을 통해, 무언가를 시도할 때 일단 시작하고 보는 배짱이 생겨났다. '조금 더 준비하고 나서, 조금 더 공부하고 나서, 이것만 끝내고, 내년에…' 라는 핑계 아닌 핑계를 저 멀리 자리해두고 일단 할 수 있는 만큼만 시작해보는 것이다. 한 발짝의 힘을 믿는다. 한 발 한 발 걷다 보면 걷는 길 위에서 생각지도 못했던 것들이 더해지고 더해진다. 생각했던 것과는 다른 더 좋은 방향으로 흘러가기도 한다. 완벽이라는 건 계속 나아가야 생기는 것이다. 결과가 마음에 들지 않더라도 그 과정 안에서 무언가를 잃는 것보다는 얻는 것이 많다.

모임을 시작하며 큰 틀은 가지고 가지만, 세세한 것들은 그때그때 함께하는 사람들과 만들어간다. 지금까지 내가 꾸린 모임들이 모두 그러했다. 함께하는 이들이 어떤 무늬를 가지고 있느냐에 따라 모임의 무늬도 달라진다. 내가 완벽하게 모든 것을 갖

추고 시작했다면, 그들은 자신의 무늬를 제대로 드러내지도 못한 채 잡았던 손을 놓았을지도 모른다. 결국, 모임은 나 혼자가 아닌 함께 만들어가는 것이다.

그러니 모임을 꾸려보고 싶다면, 오래 지속하길 바란다면, 완벽함은 잠시 내려놓고 일단 한 발짝만 나가보자. 두려워 말고 먼저 손을 내밀어 보자.

우리의 수다

└ 진미 사람들에겐 타고난 천성이 있는 것 같아.
       지해는 혹시 한의원에서 일할 수 있겠어?

└ 미영 완벽함을 내려놓으라는 말에 뜨끔, 한 발짝 나아가는
       힘을 지해에게 배운다.

009

전문가가 따로 있나

평범한 내가 책을 썼다. 그리고 쓰고 있다.

매일 그림을 그려보자 마음먹었고, 2년째 마음 맞는 이들과 함께 그려나가고 있다. 그리고 그 경험을 담아 드로잉북을 준비하고 있다. 이모티콘 제작도 목표 중 하나이다.

그림책을 좋아해 성인 그림책 모임을 시작한 것을 계기로, 그림책을 매개로 한 다양한 형태의 만남을 이어가고 있다. 그림책 테라피, 그림책심리, 그림책글쓰기 등 그림책과 관련된 것에 관심을 두며 배우고 또 나누고 있다.

그림책을 읽고 블로그에 기록하다가 그림책 에세이를 쓰게 되었다. 현재 그림책과 글쓰기의 조합으로 글쓰기 수업을 준비 중이다.

캘리그라피를 배워보고 싶은 마음 하나로 배움을 시작했고,

지도사 자격증까지 취득했다. 하나, 둘 수업이 이어지며 다양한 사람들과 만나고 있다.

캔들만들기 원데이 클래스에 참여했다. 하루의 배움으로 난 매년 고마운 마음을 담아, 지인들에게 천연 캔들을 만들어 선물한다.

독서지도사, 아동미술심리지도사, 냅킨아트지도사… 배우고 익힌 모든 것들은 내 안에 곳곳에 자리해 있다.

이 모든 건 단지 좋아하는 마음으로 시작했다. 커다란 포부를 품거나, 목표치를 정해놓고 시작했다면 한 발짝도 나아가지 못했을지 모른다. 나아가는 중에 만난 '좌절'이라는 어두운 그림자들은 잠시 다녀갈 뿐이다. 내 마음이 변하지 않는다면 나아가게 되어있다. 적은 보폭이라 할지라도.

여전히 나아가고 있고, 아직 모든 것은 진행 중이다. 마침표를 멋지게 찍고 싶지만, 아마도 마침표라는 건 눈을 감는 날 가능하지 않을까 생각한다. 무언가를 배울수록 더 어렵고, 깊이 들어갈수록 생각은 많아진다. 때로는 배움의 길 위에서 만난 이들에게 묘한 경쟁심 같은 것이 들 때도 있다. '당신은 이미 저만치 가 있네요. 나는 언제쯤 가능할까요.' 마음을 가다듬고 나면, 그들의 노력과 시간이 고스란히 보인다. 무엇이든 그냥 저절로 되는 것은 없다는 걸 안다. 그들을 통해 나를 바로 보고, 그들을 통해 한 발 더 나아갈 힘을 얻는다.

배움은 나눌 때 더 빛을 발한다. 내 안에 쌓인 것들을 어떻게 엮어나갈지를 고민하며 도전해보고 있다. 나보다 앞서가는 이들 앞에서 작아지지 않으려 한다. 시작이 있어야 그다음이 있는 법이니까.

우리는 서로가 가진 것을 공유하는 세상을 살아가고 있다. 나 혼자만 잘 되겠다고 또는 나눌만한 실력이 되지 않는다며 품고 있다가는 도태되고 만다. 각자가 가진 재능을 나눌 수 있는 무대가 다양해졌다. 다양함 속에서 나만의 콘텐츠를 만드는 것에 대한 고민은 누구나 가지고 있을 것이다. 전문가가 따로 있나, 남들보다 많이, 그리고 오래 즐기고 그것을 나눌 수 있는 마음만 있다면 가능하다. 하지만 그 길이 언제나 잘 닦인 길은 아니라는 걸, 언제나 환영받지는 못한다는 걸 새기고 나면 마음이 한결 가벼워진다.

김이나 작사가가 어느 방송에서 한 말이 기억에 남는다. 최선을 다했다고, 스스로 이 정도면 꽤 괜찮았다고 느낄 때, 항상 좋은 결과를 불러오진 않는다고 말했다. 각자가 조금씩 쌓아왔던 무형의 것들이 운명처럼 무언가와 만났을 때, 어느 날 갑자기 찾아온다고 했다. 자신도 그러했다고. 그녀가 말하는 '어느 날 갑자기'는 누구에게나 열려 있는 것은 아닐 테다. 어느 자리에 있든 나만의 점들을 차곡히 채워나가려고 한다. 조금씩 준비해온 이 모든 것이 '언젠가는' 다 쓰임이 있으리라.

훗날, 제 역할을 하리라, 는 바람을 가지며.

그래서 여전히 하고 있다. 하고 싶은 일을, 배우고 싶은 것들을.

또한, 배운 것들은 그대로 나누려 한다. 내가 가진 그릇이 작을지라도, 욕심내지 않고 부끄러워하지 않고 딱 품은 만큼만 나눈다. 한 번에 멋지게 짠! 하고 싶지만, 그때가 되려면 꽤 늦을 듯하다. 조금씩 꾸준히 배우고 나누다 보면 나만의 길이 잘 다져지지 않을까.

전문가라서 가능한 것이 아니라 도전하는 사람이라 가능한 것이다.

우리의 수다

└ 진미   큰아들이 도서관에서 오프라 윈프리랑 힐러리 클린턴 who 책을 빌려왔더라고.
그녀들의 덕목 중 하나가 지해한테 보이는 것 같아.
우리에게도 여성 인사들의 장점이 하나씩 숨어있지 않을까.

└ 미영   요즘은 전문가가 따로 있는 게 아니라 좋아하는 일을 계속하는 사람이 전문가인 거 같아. 그런 점에서 진미도 지해도 전문가!

────── 010

매일의 힘을 믿고

나이 40이 넘어서야 나의 장점 중 하나가 '꾸준함'이라는 걸 알게 되었다. 하지만 이 꾸준함은 타고난 게 아니다. 변덕이 죽 끓듯 했던 지난날을 돌아보면 그렇다. 나를 믿지 못하고 팔랑대 던 귀와 밖으로 향해있던 눈으로는 무언가를 꾸준히 하기가 힘 들었다. 마음먹고 시작해도 세상 모든 것이 방해요소로 다가온 다. 악마의 속삭임에 넘어가 다시 원점으로 돌아오기를 반복해 야 했다.

꾸준함 속에는 믿음이 필요하다. '나를 믿는 힘' 말이다. 할 수 있을 거라는 믿음, 분명 그 길 안에서 무언가를 만날 수 있을 거 라는 믿음. 내 안에 믿음이 자리하려면 작은 꾸준함이 우선되어 야 한다. '닭이 먼저냐 달걀이 먼저냐'와 같은 돌림노래일 수도 있겠다. 꾸준함 앞에 '작은'이라는 말을 기억하자. 큰 꿈을 가지고 한 달의 계획, 1년의 계획에서 조금 더 작은 울타리 안으로 들어와야 한다.

예를 들어 잠자기 전, 오늘 나의 기분을 한 줄로 적어보기. 일기라던가 글을 쓴다는 부담감을 내려놓고, 딱 한 줄만 적어보는 것이다. 하루, 이틀 쌓이다 보면 한 줄이 열 줄, 백 줄이 되어있다. 내가 할 수 있는 만큼만 시작해보는 것이다. 성공의 경험들이 쌓이면 '할 수 있다'는 근육이 구석구석에 덕지덕지 붙는다. 육아서에서 많이 봄 직한 말이다. 참 쉽다. 누구나 알고 있다는 말이기도 하다. 계속 돌림노래일 수밖에 없다.

그럼 여기에 왜? 라는 물음표를 달아볼까? 내가 이걸 왜 하는 거지? 왜 필요한 거지? 이 힘든 걸 꼭 해야 하는 이유가 뭐지? 우리는 때때로 물음표를 놓치고 살아간다. 남들이 하니까, 남들이 가니까 손이, 발이 저절로 움직일 때가 있다. 의식해야 한다. 내 안에 가득한 물음표를. 그것을 꽉 채울 수 있다면 어떤 핑계도 스스로 허용되지 않는다.

좋은 때란 없다. 마음이 동한다면 지금 시작하는 것이 옳다. 내가 매일 하는 것들은 누군가에겐 아주 미미한 것일 수도 있겠다. 하지만 이 작은 것들은 쌓여가며 나에게 새로운 길을 열어주고, 지나온 길을 단단하게 만들어 준다. 다른 이의 길이 아닌 나만의 길을 묵묵히 갈 수 있게 해준다. 가진 것이 많고 누군가 알아주어야 '성공'이 아니다. 내가 원하는 것을 원하는 사람들과 원하는 시간에 할 수 있는 삶이 성공한 삶이 아닐까 생각한다. 그러니 매일 하기로 마음먹는 것, 매일 행하는 것, 이 두 가지만으로도 당신은 성공의 길로 한 발짝 나아간 것이다.

우리의 수다

└ 진미　김종국처럼 매일 운동을 하고 싶어.

└ 미영　매일 하는 게 여러 가지였는데 요즘 내려놓고 있어. 가장 큰 이유가 체력! 문제인 나도 진미처럼 매일 운동으로 체력 먼저 되찾고 싶어!

+ 매일 새벽에 만나는 그림책

'그림책'과 '새벽'은 생각했던 것보다 좋은 파트너이다. 고요한 시간, 고요한 공간에서 펼치는 그림책은 낮과는 다른 깊이를 전해준다. 일반 책보다 종이가 두꺼운 그림책, 책장 넘기는 소리도 촉감도 다르다. 모든 것이 조화를 이루며 나만의 세상으로 빠져들게 된다. 그림책을 덮고 생각을 다듬어 글을 쓰는 시간을 가진다. 나에게 다가온 감정과 기억을 다시 엮고, 정리하며 작은 서랍 안에 차곡히 쌓아간다. 함께하는 이들과 나누는 시간도 잠시. 내 생각에 타인의 생각이 더해져 또 다른 즐거움을 얻게 된다. 나와 세상을 굴곡 없이 바르게 볼 수 있는 시간, 마음에 평온함이 찾아오는 시간이다.

이렇게 마음 에너지를 채우고 나면 몸에도 에너지가 생겨난다. 몸에 활력이 생기니 아침 식사 준비도 수월하다. 남편과 아이들을 기분 좋은 얼굴로 맞이할 수 있다. 감사한 마음이 자리한다(잠에서 깨자마자 맞이하는 새소리는 덤이다). 행복이 별

거인가. 좋아하는 것을 원하는 시간에 하는 것, 그것이 행복이
다.

매일 그림을 그리며

매일 그림을 그리며 찾아온 내 삶의 변화는 앞에서 충분히 언급했다. 처음엔 시간을 내어 자리에 앉기조차 쉽지 않았다. 오늘은 무엇을 그려볼까? 그리는 도구를 준비하고 앉으면 "엄마 ~ 어 엄마~" 부르는 아이들 덕에 펼쳐놓은 채로 몇 시간을 흘려보낸 날이 적지 않다. 하지만 아이들도 알게 된다. 엄마가 매일 반복하는 일들을 얼마나 소중히 여기는지를. 한동안은 둘째 아이가 함께 앉아 그림을 그렸다. 시간이 지나니 자연스레 각자의 시간이 흘러간다.

엄마로서 해야 할 일들이 넘쳐나지만, '나'를 챙겨야 '해야 할 일'도 기분 좋게 건강하게 해낼 수 있다. 아이를 웃는 얼굴로 대할 수 있다. 매일 식탁에 앉아 그림을 그리는 시간은 오롯이 나를 위한 시간이다. 마음 가는 대로 그리고 색을 입히며 힐링하는 시간이다. 충분히 괜찮은 삶을 살아가고 있다고 스스로 다독이는 시간이다.

매일의 책장을 넘기며

요즘엔 책을 전투적으로 읽는 사람들이 많다. '1만 권 독서'가

누구에게나 좋은 것은 아니다. '많이' 보다는 '깊이' 읽으며 책에서 만난 것들을 내 삶에 스며들게 하기 위해 힘쓰고 있다. 어느 날은 독서가 한 페이지로 끝날 때가 있다. 또 어느 날은 한 권을 멈추지 못하고 읽을 때가 있다. 때에 따라 다가오는 것들이, 빠져드는 시간이 다르다. 정해진 방법은 없다.

'왜 책을 읽어야 하는가?'라는 물음표에 대한 답은 '재미있으니까'라는 말로 끝맺으면 멋있게 보이려나. 하지만 내가 찾은 답이 모두 이 '재미'라는 것에 포함되기는 한다. 책 안에서 나와 닮은 사람을 만나기 때문이다. 보지 못하고 듣지 못하는 것들을 삶 속으로 초대한다. 좁았던 시야가 넓어지며 조금 더 풍요로워진다. 한마디로 재미있다. 이야기에 빠져 읽다 보면, 지금의 퍽퍽한 세상에서 벗어나 잠시 다른 세계로의 여행을 하게 된다. 이 말고도 얼마나 많은가. 물음표를 충분히 채웠으니 매일 해야 하는 이유는 충분하다. 어디에든 책을 비치해놓고 틈이 나는 대로 펼쳐보게 된다.

몇 권을 읽느냐, 두꺼운가, 라는 의미 없는 기준은 내려놓아야 한다. 잘 그려야 한다는 부담감을 내려놓아야 한다. 욕심을 내려놓고 할 수 있는 것부터 조금씩 해나가면 된다. 그래야 '꾸준히'가 가능하다. 오직 '왜?'라는 물음만이 필요하다.

011

지해로운 삶

결혼하고 10년, 많은 것이 변했다. 그리고 많은 것이 그대로이기도 하다. 여전히 난 한 사람의 아내이자, 두 아이의 엄마로 가족이라는 울타리 안에 존재한다. 가장 큰 변화라면, 잠시 잊고 있던 나의 이름을 되찾았다는 것이다. 이젠 ○○엄마가 아닌, 그럴듯한 수식어 뒤에 숨은 내가 아닌, '강지해'라는 이름 석 자로 나를 소개한다.

40대가 되었다. 나이가 20에서 30으로 넘어설 땐 아쉬운 마음이 컸다면, 40이라는 나이는 왠지 설레었다. 맑음과 흐림, 폭풍이 번갈아 가며 나를 뒤흔들던 앞자리 숫자가 바뀌면, 잔잔한 날씨가 기다리고 있을 것만 같았다. 아니면 폭풍을 만나더라도 이겨낼 수 있는 여유라는 것이 나에게도 찾아올 것 같았다. 허나

변한 건 숫자일 뿐. 계절은 돌고 돈다. 날씨는 예보도 믿지 못할 만큼 변화무쌍하다. 모든 것은 각자의 자리에서 제 역할을 해내고 있고, 넘어지고 일어서고를 반복한다. 나도 그러하다.

'나다운 건 무엇일까?'라는 고민은 언제까지 하게 될까.
내가 원하던 원치 않던 누군가와 연결되어지는 삶 속에서, 온전한 나로 살아가기란 쉽지 않은 일이다. 이리 치이고 저리 치이다 보면, 잠시 잠깐 한눈을 파는 사이에 내 삶을 '나' 아닌 다른 이들이 채우게 된다. 타인이 보는 나, 타인이 원하는 나, 타인에게 인정받고 싶은 나….

한 포털 사이트의 아이디가 실수로 사라지는 경험을 했다. 복구 불가하다는 말에 한동안 정신 줄을 놓았다. 그 안엔 나의 20년간의 기록과 추억이 담겨있다. 젊은 날 좋아하던 글귀와 책에 대한 기록, 아이들과의 일상, 나의 하루를 채우던 생각, 주고받은 메일, 꽤 많은 글과 사진, 그림…. 심지어는 내가 기억하지 못하는 나의 모든 일정이 빼곡히 채워져 있던 공간이다. 오랜 시간 가상의 공간 안에서 많은 것을 시도하고, 계획하고, 다져가며 나의 일부를 채워갔다. 그 모든 것이 한순간에 사라진 것이다.
'이제 나는 어떡하지?'

시간이 흐를수록 무언가 선명해지기 시작했다. 누구라도 클릭한 번으로 볼 수 있는 온라인 세상에서, 나는 어떤 모습으로 살아가고 있었는가. 무슨 이야기를 하고 싶었을까. 누구와 함께하고 싶었을까, 라는 질문이 생겨났다. 더불어 그간 습관처럼 해오던 것들, 의미 없이 쌓아만 오던 기록들, 깊이 없이 알아가던 사람들, 놓지 못하고 쥐고 있던 일들…. 사라진 것들만 생각하다가 남은 것들을 바라보게 되었다.

'그래, 사라진 게 있으면 남은 것도 있지 않을까?'

나라는 사람은 자신을 괜찮은 틀 안에 넣고 싶었다는 걸, 남들이 보기에 괜찮은 무엇으로 정의하고 싶었다는 걸 알게 되었다. 단지 온라인 세상에 그려오던 것들이 사라졌을 뿐인데, 아무 수식어도 붙지 않은 온전한 나를 바라볼 수 있게 되었다. 내가 진정 원하는 것이 무엇인지, 어떤 삶을 살고 싶은지, 지금의 나는 잘 살아가고 있는지. 이 중요한 모든 건 내 안에 자리하고 있었다.

뒤늦게 다시 한번 '나다움'에 대해 고민했다.

나는 환경에 따라 시간에 따라 변해간다. '늘 그대로' 만큼 지루한 것도 없다. 주어진 선택지 앞에서 매 순간 선택을 해나가고, 되고 싶은 나를 향해 기존의 나에게 변화를 주기도 한다. 새로운 것에 도전하고 넘어지고 일어선다. 내가 쌓아가는 시간이 결국 '나'를 그리고 '나다움'을 만들어가는 것이다. 우리는 언제나 과정 안에 있다. 이 과정 안에서 '원하는 삶을 살고 있는가'를 수시로 꺼내어 보아야 한다. 지금 어떤 선택을 하고 어떠한 시간을 쌓아가고 있는지, 때로는 마주하기 겁이 나서 흘려보냈던 물음표를 품고 살아가야 한다.

어떤 환경에서든 누구와 함께하든 잘 변화하고 적응하는 사람이 되고 싶다. 잘 어우러지는 사람이 되고 싶다. 지혜로운 사람이다. 엄마는 바다처럼 넓은 지혜를 가진 사람이 되라고 '지해(智海)'라는 이름을 지어주셨다. 4학년 3반의 나이에 내가 얻은 지혜는 그것이다. '나다움'은 짧은 한 줄로 정의할 수 없다는 것. '네가 원하는 삶을 살아가고 있는가'라는 물음 앞에 당당해져야 한다는 것. 그래서 지금은 나에게 말을 걸어오는 모든 것에게 관심을 두고, 답을 해주려 노력하고 있다. 지나치지 않기를, 도망치지 않기를, 한 발짝을 두려워하지 않기를 그리고 욕심내지 않기를. 수많은 물음표와 친해지기를 바란다.

블로그 타이틀을 '지해로운 삶'으로 바꾸었다. 무엇보다 이름답게 살고 싶은 마음에서였다. 그리 명하고 나니 그러한 사람이 되어간다. 나답게 살기 위해, 묻고 답하며 하루하루를 채워간다.

누구든 나에게 주어진 삶에 충실하라, 는 의미를 담고 있다. 다가온 물음표 앞에서 머뭇거리지 않기를, 지혜로운 삶을 살아가기를 바라는 마음이 담겨있다. 시간이 흐르고 나라는 사람이 성장함에 따라 변화가 찾아오겠지만, 그 변화 속에서도 지혜로운 마음을 잃지 않는 이가 되려 한다. 그러한 삶을 살고자 한다.

우리의 수다

ㄴ 진미　나의 닉네임은 '문창그녀'. 엄마들이 닉네임이나 수식어를 새로 만들길 바라.

ㄴ 미영　20년간의 기록과 추억이 사라졌을 때 얼마나 놀랐을지 상상이 돼. 나의 모습이 다 사라진 느낌이었을 테니까.
그래도 그 덕분에 나를 생각해보고 새롭게 시작할 수 있는 힘을 얻었으니 앞으로의 '지혜로운 삶'이 더 풍성해지길.

012

같이, 함께 하다

"우리 안에서 나누는 걸 먼저 찾는 건 어때요?"

"좋은데요? 혼자서는 힘들지만, 함께라면 가능할 것 같아요."

"그건 아무래도 좀 힘들지 않을까 생각해요."

2년을 유지해 온 모임의 멤버들을 한자리에 초대했다(물론 온라인이다). 소중한 인연을 오래 이어가고픈 바람으로 출발했는데 생각보다 갖춰야 할 것도, 더 깊이 생각할 것도 많다. 큰 준비도 없이 덜컥 내민 손을 잡아준 멤버들은 첫 온라인모임에서 각자 소중한 이야기를 나눠주었다. 때론 따스한 응원과 함께, 때론 객관적인 눈으로….

첫 모임 후 머릿속은 복잡해졌지만, 분명 가슴이 뛰는 일이다. 혼자서 머리를 이리 굴리고 저리 굴리며 둥둥 떠 있는 생각을 잡을 때와는 다르게, 길이 조금씩 보이는 듯하다. 중간에 손을 놓는 이들이 생길지도 모르겠다. 어쩌면 불화가 생길지도 모르겠다. 하지만 이 모든 건, 내가 언제나 염려 밖으로 내어놓는 과정이라는 것이다.

모양도 색도 다른 우리가 한자리에 모였다. 우리를 하나로 묶어주는 끈을 중심으로, 무엇을 해나갈지 어떤 길을 만들어갈지 기대된다.

나는 개인주의적인 성향이 강한 사람이다. 누군가는 나를 배려심이 많고, 다정한 사람이라 말한다. 다른 이를 먼저 헤아리고 이해한다 말한다. 하지만 이 모든 것들의 중심엔 '나'가 있다. '당신을 위해'서가 아니라 '내가 편하자'고 하는 행동들이다. 누구나 각자의 취향이 있고, 중심을 두고 살아가는 것들이 있다. 그것을 존중한다. 하지만 커다란 '우리' 안에 내 발을 살짝 들일만큼 용기 있는 사람도, 마음이 넓은 사람도 아니다. 남을 헤아릴 만큼 커다란 품도 지니고 있지 못하다.

이런 내가 그림책을 가까이하며 '우리'라는 것을 생각하게 되었다. 무언가를 나서서 하기를 버거워하던 나였다. 다른 이들의 삶과 나의 삶이 엮여 새로운 무언가를 만든다는 것이 어색하고 불편하기만 했다. 무슨 용기였는지 모르겠다. 그저 함께 나누고픈 마음이 다였다. 그림책 모임을 꾸려 사람들을 만나고 있다. 어색한 시간은 그림책이 충분히 채워줄 수 있다는 걸 안다.

매일 그림을 그리고 나누는 온라인 프로젝트를 하고 있다. 비록 온라인이지만 서로를 조금씩 알아가고 위로와 응원을 건넬 수 있는 관계가 되어간다. 이것 또한 시작은 중심이 '나'였다. 나의 하루, 나의 습관…. 시간이 지남에 따라 '나'에서 '우리'가 되어 간다. 혼자서는 어려운 일들이 '함께'라는 울타리 안에서는 가능하다. 힘을 내어 나아가게 된다. 이곳에서 만난 인연들이 또 다른 모임을 이어가고 있다. 그리고 그들은 조금씩 자신의 자리를 찾으며, 단단히 다져가고 있다. 누군가는 글과 그림을 엮어 책을 출간하고, 누군가는 이모티콘을 제작했다. 또 누군가는 다른 꿈을 향해 마음을 열고 있다. 이 모든 순간에 우리는 박수를 보내고, 진심 어린 응원을 보낸다. 내 삶을 살아내느라 다른 이의 삶에 관심을 두지 못했던 나에게, 그들로 인해 다른 세상을 볼 수 있는 새로운 눈이 생겼다.

그림책테라피스트 양성과정을 이수한 마더북은 '연대'의 힘을 느낄 수 있는 가장 든든한 공간이다. 혼자였다면 외로웠을 길 위에, 기다려주고 손잡아주고 때로는 앞장서서 이끌어주는 이들이 있다. 어느새 그 따스한 공간 안에 내가 자리해 있다.

무언가를 시작하긴 했는데, 방향을 잃을 때가 있다. '이 길이 맞나?', '잘하고 있는 건가?'. 그러다 지쳐 포기하는 때도 있다. 마더북은 갈팡질팡 중심을 잡지 못하고 헤매는 나에게 '이 길로 오시오.', '이런 길도 있다오.'라며 친절히 어깨를 내어준다. 언젠가 누군가에게 나도 그 안에서 든든한 어깨가 되어주는 날이 오길 바라본다.

그림책 인연들은 손가락을 접고 또 접어야 한다. 지금도 여전히 그림책을 사이에 두고 이어지는 인연들이 있다. 그들과의 끈을 꽉 조이기도 하고, 풀고 풀어 다른 끈과 엮기도 하면서 우리의 세계는 점점 넓어져 간다.

아이를 키우는 일, 어렵고도 힘든 시간 속에서 만난 나의 육아 동지들. 육아 품앗이도 나에겐 감사한 인연이다. 함께이기에 가능했던 일들, 함께이기에 이겨낼 수 있었던 시간. 엄마와 여자 사이에서 고군분투하는 우리는 이 작은 인연을 오랜 시간 이어가고 있다(《육아 품앗이 해볼래?》 참고).

그리고 그중 세 명의 여자들은 수다를 엮어 이렇게 함께 책을 준비하고, 많은 이들과 연대할 수 있는 길을 찾고 꿈을 꾼다.

점과 점이 연결되어 선을 이루고 선들이 모여 면을 이룬다. 그리고 그 안의 점 하나를 위로 늘리면 새로운 공간이 탄생한다.

수학 그림책 '점이 뭐야?'에 담긴 이야기다. 내 안에도 크고 작은 많은 점이 존재한다. 각각 크기도 색도 다른 점들. 어제를, 오늘을 보내며 수없이 생겨난 점들, 이 작은 점들이 어떤 선과 면, 공간을 만들어 낼까. 점이 나를 거쳐 또 다른 누군가와 연결되며 어떤 세상을 만들어갈까. 그런 설렘 가득한 기대를 하게 된다.

인연은 애를 써서 만드는 것이 아니다. 삶에 충실할 때 그 길 위에서 자연스레 만나게 되어있다. 혼자였다고 생각했는데 고개를 들어보니 곁엔 지금, 넘치도록 많은 인연이 함께한다. 내 삶 속에 그들의 자리를 내어주고, 그들의 삶 속에 한 걸음씩 발을 들이며 '같이'의 가치를 알아가고 있다.

그 가치와 함께 다가온 물음표를 품고, 답을 찾아가는 일에 마음을 쓰려 한다.

같이, 함께 하실래요?

우리의 수다

ㄴ 진미   '함께'에 너무 무게를 얹지는 말자. '함께'가 있으면 함께 밖의 사람도 생기기 마련이거든.
누군가에겐 소외감을 줄 수도 있어서 우리와 우리가 아닌 사람을 덜 구분하려 해.

ㄴ 미영   함께한다는 것이 얼마나 힘이 되는지는 해보면 알게 되는 거 같아.
앞으로 더 많은 가치를 함께에서 찾아가길 바라.

우리의 여정이 하루아침에 생긴 듯하지만 엎어지고 매치고 많은 일이 있었다.

삽질1_엄마다방 카페 개설

셋이 함께 연대해서 뭔가를 해보겠다고, 갑자기 꽂혀서 만든 네이버 카페. 별다방에서 순식간에 네이밍하고 카페 개설하고, 게시판 정하고, 카페 일러스트 이미지까지 완성. 각자의 능력을 발휘해 뚝딱 만들었다. 하루에 글 하나 이상 올리고, 콘텐츠도 쌓아보자고 했으나 개설 이후에 할 일이 너무 많아서 포기. 누군가의 에너지를 갈아 넣어야 카페라는 탑이 완성된다는 것을 안 이후에는 그냥 쿨하게 각자의 블로그와 개인 SNS를 키우는 데 주력하기로.

삽질2_네이밍

셋이 함께하는 모임의 이름을 정한다고 또 갑자기 꽂혀서는… 별다방에서 이야기를 나누는데 모자라 음식점에 가서까지 한참

동안 수다 삼매경. 우리의 첫 이름은 꿈을 이뤄가는 모임이라는 의미의 '꿈의 스터디', 카페 개설 후에는 '엄마 다방', 현재 카톡 방의 이름은 '맘앤그로우'. 그리고 최근에 다시 개설한 카페 맘 코(맘스코칭)까지 참 다양하다. 여기에서 멈출 것인가, 또 다른 삽질을 할 것인가.

삽질3_팟캐스트

세 여자의 수다를 그냥 버리기 아깝다며 팟캐스트를 시작하자 고 이야기가 나왔다. 이야기가 나온 순간 이미 팟캐스트 10회분 녹화가 끝났을 정도의 수다가 완성됐다. 장소 물색하고, 녹음할 대본 이야기 나누고, 또 팟캐스트 네이밍하고, 다 완성된 듯했으 나, 결국엔 녹음을 하지 못했다. 각자 스케줄을 조절하기도 쉽지 않았던 때라…. 지금이라면 가능할까?

책 한 권이 나오기까지 수많은 수다와 회의가 있었다. 아지트 인 별다방 수다도 모자라 카톡 수다, 안 되면 온라인에서 모이고 생각하다 보니 여기까지. 머리카락 휘날리며 아이들 챙기고, 집 안일까지 해낸 우리, 애썼다!

마지막 수다

└ 미영   뭐든 한 번에 되는 일은 없다. 과거에는 한 번에 완벽하게 만들려고 하는 사람이었다. 하지만 목표를 세우는 순간부터 시작이라는 것을 알았다.

실패하는 그 모든 것이 과정이 되고 일의 자양분이 된다는 것을 알기에 그냥 시작한다. 그 어떤 것이든 해보자. 소소함에서 시작된다.

└ 지해   조금 힘들더라도 오래 걸리더라도 분명 내가 만들어놓은 길은 나를 닮아 있을 것이다.

언제든 두 발로 튼튼히 설 수 있는 단단한 땅이 자리하고 있을 것이다. 그러니 자신을 믿고 나아가는 것을 망설이지 말자.

└ 진미   우린 서로의 꿈을 찾아주며 오늘 이 자리까지 왔다. 만약 가깝게 지내는 엄마가 하고 싶은 것, 되고 싶은 것 때문에 갈등하고 있다면 그녀의 이야기를 귀담아 듣고 같이 고민해 주자.

단, 그녀를 재촉하거나 강압적으로 밀어붙이지 말자. 너도 잘되고 나도 잘되길 바라는 마음으로 정기적인 수다를 나누다 보면 함께 성장해 있는 각자의 모습을 대면하게 될 것이다.

엄마 수다 사용 설명서

1판 1쇄 인쇄 2022년 1월 28일
1판 1쇄 발행 2022년 2월 11일

지은이 김진미, 최미영, 강지해

펴낸이 정용철 **편집인** 이경희, 김보현 **디자인** ⓒ단팥빵
제작 제이킴 **마케팅** 김창현 **홍보** 김한나
인쇄 (주)금강인쇄 **표지화** GettyimagesKOREA

펴낸곳 도서출판 북산
등록 2010년 2월 24일 제2013-000122호
주소 서울시 강남구 역삼로 67길 20, 201호
전화 02-2267-7695 **팩스** 02-558-7695
홈페이지 www.glmachum.co.kr **이메일** glmachum@hanmail.net
블로그 blog.naver.com/e_booksan **페이스북** facebook.com/booksan25

ISBN 979-11-85769-49-3 03810